戦火の三匹

ロンドン大脱出

ミーガン・リクス作
尾高 薫訳

第二次世界大戦中に
命を落としたペットたちにささぐ

【THE GREAT ESCAPE】
By Megan Rix
Original English language edition first published in 2012 by Penguin Books Ltd., London.

もくじ

ミッドランズ地方
イースト・アングリア地方
ロンドン
北部
ロンドン橋
レディウェル駅
メイドストーン
セブンオークス駅
ールズベリー
野
チャートウェル・
ハウス
ケント州
ロックスウッド
ウェスト・サセックス州
イースト・
サセックス州
イギリス海峡

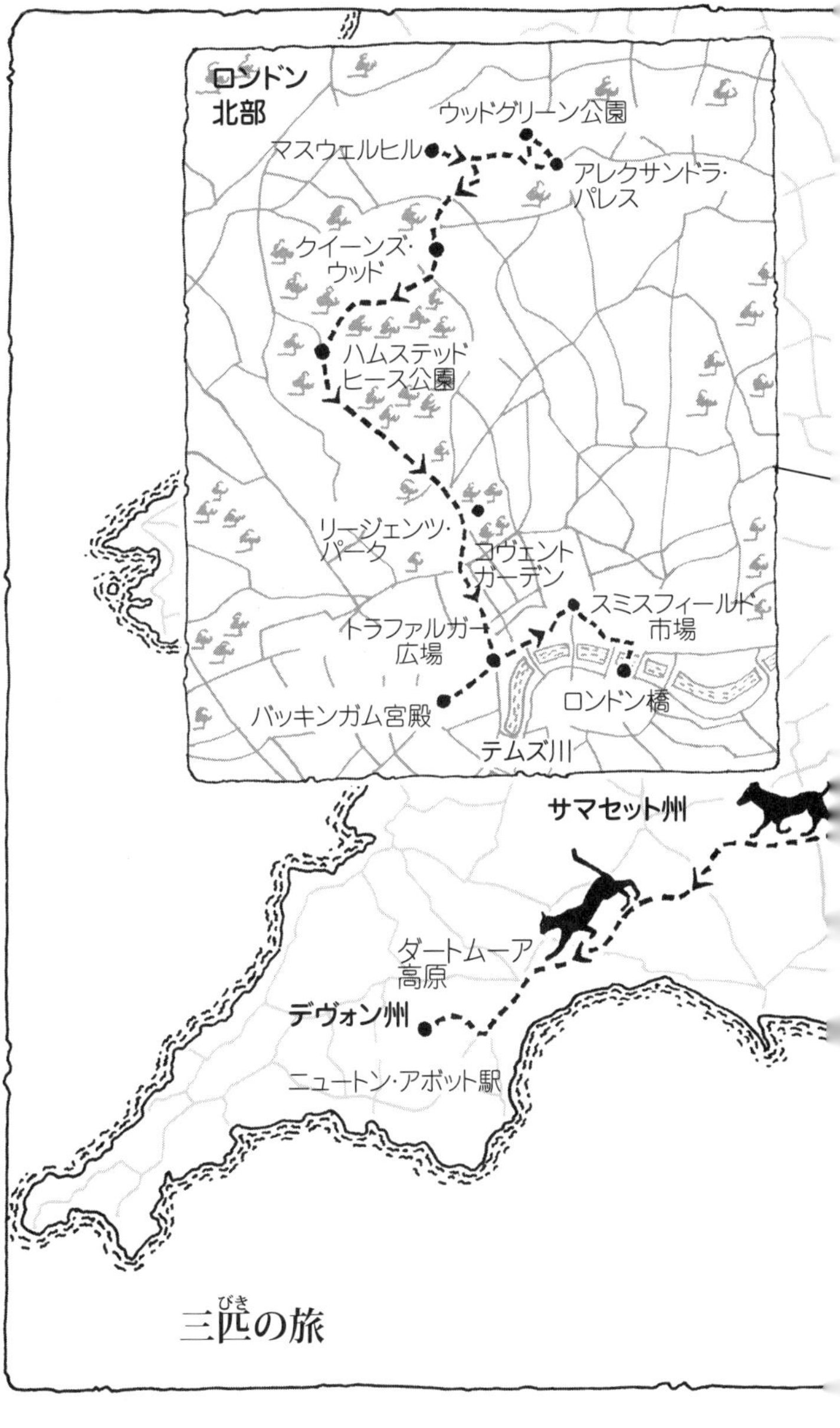
ロンドン
北部
ウッドグリーン公園
マスウェルヒル
アレクサンドラ・
パレス
クイーンズ・
ウッド
ハムステッド
ヒース公園
リージェンツ・
パーク
コヴェント
ガーデン
スミスフィールド
市場
トラファルガー
広場
ロンドン橋
バッキンガム宮殿
テムズ川
サマセット州
ダートムーア
高原
デヴォン州
ニュートン・アボット駅
三匹《びき》の旅

第一章　庭の防空壕《ぼうくうごう》

一九三九年夏の、あるむし暑い土曜日の朝、犬のバスターが、ものすごい勢《いきお》いで庭に穴《あな》を掘《ほ》っていた。バスターは白いジャックラッセル犬（小型の狩猟犬）で、左目のまわりに茶色、右目のまわりには黒のぶちがある。

バスターは白い小さな前足で花壇《かだん》の軟《やわ》らかい土を休みなく掘《ほ》り、おかげで菊《きく》もストックもフリージアも根こそぎ掘《ほ》り返《かえ》されてしまった。穴《あな》はどんどん深くなり、すぐに、穴《あな》から盛大《せいだい》にかきだされる土と、ひっきりなしに動くしっぽが見えるだけになった。

花壇《かだん》の横で、十二歳《さい》のロバートがスコップにもたれてひと休みしながら言った。

「バスターを見なよ。穴掘《あなほ》りチャンピオンに決定だ」

ロバートの親友のマイケルも笑って、バスターのお尻《しり》に向かって声をかけた。

「おいバスター、地球をつき抜《ぬ》けて、裏側《うらがわ》のオーストラリアへ出たら教えろよ！」

マイケルたちが掘《ほ》っていた穴《あな》の横の土の山は、ふたりがスコップを動かすたびに大きくなっていく。

バスターが、しっぽをふりふり得意げに穴《あな》から出てきた。泥《どろ》だらけのものを大切そうにくわえている。どうやら宝物《たからもの》らしい。

ロバートは宝物《たからもの》の正体に気づいた。

「まずい！　取りあげないと」

「なに、あれ？」とマイケルがたずねた。

「父さんが前にはいてた部屋ばきの片方《かたほう》――ずっと捜《さが》してたんだ」

「だけど、なんであんなとこに？」

バスターは右の耳をぴんと立て、左耳はぺたんと寝《ね》かして、はてな？　というように首をかしげた。

「きっと、どっかのだれかが埋《う》めたんだろ。おい、バスター、こっちへよこすんだ！」

けれどもバスターは、宝物《たからもの》をあきらめるつもりなどさらさらなかった。ロバートが近づくと、飛びはねながら後ろに下がる。

「バスター、バスター、ほら、こっちによこせ！」

ロバートとマイケルは、ぼろぼろになった泥《どろ》だらけの部屋ばきを取り返そうと、バスターを追いかけた。ところがバスターのほうは、それを新しい遊びだと思ったらしく、興奮《こうふん》して庭じゅうを駆《か》けまわり、ほえたひょうしに部屋ばきを落としそうになった。

そこへ、ロバートの妹で九歳《さい》のルーシーと、ボーダーコリー犬（中型の牧羊犬）のローズも庭へ出てきて、いっしょになって追いかけ始めたので、バスターはますます喜んで走りまわった。

「バスター、待って……」

そのとき、ローズがバスターの前にまわってさえぎった。つい最近まで牧羊犬として羊を追っていたため、バスター以上にすばしっこい。けれどもバスターは、庭でひなたぼっこをしていた赤茶色のトラ猫《ねこ》の上を飛《と》び越《こ》えて、ローズをかわした。トラ猫《ねこ》のタイガーは飛《と》び越《こ》されたのに腹《はら》を立て、バスターをフーッと威嚇《いかく》した。

バスターは心から楽しんでいた。花壇《かだん》を掘《ほ》って、追っかけっこをして――今日は最高！

ところがその瞬間《しゅんかん》ルーシーが飛びついてきて、とうとうつかまってしまった。

「つかまえた！」

ロバートが父さんの古い部屋ばきを取りあげた。「悪いけど、これはおもちゃじゃないから」

バスターは部屋ばきを取り返そうと、飛びあがった。

これはぼくのだ――ぼくが埋《う》めて、また掘《ほ》りだしたんだぞ。

ロバートはバスターに取られないように、部屋ばきを持つ手を高くあげた。バスターは、体は小さいが、ジャンプ力はなかなかのものなのだ。

バスターはようやく部屋ばきをあきらめ、もう一度穴《あな》に戻《もど》って掘《ほ》り始《はじ》めた。

なにか、ほかにおもしろそうなものはないかな。

掘《ほ》り返《かえ》された土が、また宙《ちゅう》を舞《ま》う。

「そこのふたり！　さぼってるんじゃないぞ」ロバートの父さんのウィリアムが、家の裏口《うらぐち》から庭へ出てきた。ロバートは、バスターがしかられないよう、とっさに部屋ばきを持つ手を背《せ》中《なか》へまわした。マイケルがこっそりそれを受け取る。

ルーシーは小走りにキッチンへ戻《もど》っていった。ローズもその後ろにぴったりついていく。

「バスターを見習えよ」

父さんが、ロバートとマイケルに言った。

バスターは自分の名前を聞きつけると、掘《ほ》るのをやめて穴《あな》から出てきた。顔が泥《どろ》だらけだ。

すっかり夢中《むちゅう》になっていたのだ。いつもなら庭を掘《ほ》ると大目玉を食らうのに、今日はちがった。

マイケルはロバートの父さんが見ていないすきに、部屋ばきを庭の小さな金魚池のなかへ落とした。すると、池の近くで丸くなっていたタイガーが、マイケルの手に頭をこすりつけてきた。

首輪の鈴《すず》がチリンとなる。マイケルはタイガーの耳の後ろをかいてやると、穴掘《あなほ》りに戻《もど》った。

その朝早く、タイガーが近所をひと回りしていたころ、組立式簡易防空壕《かんいぼうくうごう》（第二次世界大戦前から戦中にかけて英国の各住宅街《じゅうたくがい》に到着《とうちゃく》した。作業員の男たちは家々の呼び鈴《よりん》を鳴らし、防空壕《ぼうくうごう》の本体となるカーブしたトタン板六枚《まい》と、それを支《ささ》える二枚《まい》の鋼鉄《こうてつ》の板、組み立てに使うネジを一軒《けん》ずつ配ってまわった。

（家庭に配られた防空壕。半地下式のため、地面を掘って設置した）の材料を載《の》せた政府《せいふ》のトラックが、ロバート一家の住む北ロンドンの

男たちは口々に言った。

「これで一式だ」

「二、三時間もあればできあがるさ」

「こっちは、まだこれから何百軒《けん》も配るんだ」

自分で組み立てられない人を手伝うために四人の作業員が残ったが、ほとんどの家では自力で裏庭《うらにわ》に穴《あな》を掘《ほ》り、防空壕《ぼうくうごう》を組み立てることになっていた。簡易防空壕《かんいぼうくうごう》はできあがると一・八メートルの高さがあるため、下三分の二がすっぽりと地下に埋《う》まるような、大きく深い穴《あな》を掘《ほ》らなければならない。

ロバートとマイケルは、ロバートの父さんの監督《かんとく》のもと、材料が届《とど》くとすぐに仕事に取りかかった。

「父さん、穴《あな》の深さはこれくらいでいい？」ロバートがたずねた。もうずいぶん長いこと掘《ほ》り続《つづ》けている。

父さんは政府《せいふ》の説明書を横目でにらむと、首を横にふった。「まだまだだな。深さは百二十センチいるんだ。それに、入り口の階段《かいだん》も作らないと」

猫《ねこ》のタイガーはテラスのお気に入りの場所に陣取《じんど》り、目を半分閉《と》じてひなたぼっこをしながらそのようすをながめていた。泥《どろ》だらけになってへたばっているバスターをばかにしたように見ている。

まったく、こんな暑い日にわざわざ疲《つか》れることをするなんて。

そのころキッチンでは、ローズがいつものように通路の真んなかに立ってルーシーのじゃまをしていた。

「ローズ、通して！」ルーシーの声に、窓《まど》から外を見ていた母さんのヘレンがふり返った。

ローズは一、二歩後ろへ下がりはしたが、まだ通路をふさいでいる。エドワーズ家のキッチンはもともと狭《せま》いところに食器棚《しょっきだな》と調理台を置き、壁《かべ》にも作りつけの棚《たな》がふたつあって、ぎゅうぎゅう詰《づ》めなのだ。

「さっき、庭でなにしてたの？」母さんがルーシーにたずねた。

バスターが古い部屋ばきを掘《ほ》りだしたことは言わないでおこう、とルーシーは思った。あれは父さんのお気に入りだったから、なくなったときは母さんが大騒《おおさわ》ぎして家じゅう捜《さが》しまわっていたっけ。

「別に。遊んでただけ」

ルーシーはそう答えると、レモンを六つ半分に切って、陶器《とうき》のピッチャーにしぼった。シャツドレスをすっぽりおおう、丈《たけ》の長いエプロンをつけた母さんは、レモネード用のシロップを作っていた。小鍋《こなべ》に水と砂糖《さとう》を一カップずつ入れ、石炭ガスを使うコンロにかけて煮立《にた》て、こげないように、ひっきりなしに鍋《なべ》をかき混《ま》ぜている。

玄関《げんかん》のドアについている郵便受《ゆうびんう》けがカタンと鳴ったので、ルーシーが見にいくと、玄関《げんかん》マットの上に、また政府《せいふ》からのお知らせがあった。このところ、ほとんど毎日届《とど》く。今日のお知らせには大きく「非常用砂袋《ひじょうようすなぶくろ》について」とあり、空襲《くうしゅう》の際に砂袋《すなぶくろ》を使って窓《まど》ガラスを保護《ほご》する方法や、砂《すな》とシャベルで焼夷弾《しょういだん》を処理《しょり》する方法が書かれていた。

ルーシーはそれをほかのお知らせといっしょにキッチンの棚《たな》の上に置くと、カップケーキの焼け具合を見にいった。

今日はマイケルが来ているから、絶対《ぜったい》こがさないようにしなくちゃ。

二時間後、やっと父さんが「これでよし！」と言った。

ロバートとマイケルは手を止めて、自分たちの掘《ほ》った穴《あな》をじっくりながめた。けれども、バスターは穴掘《あなほ》りをやめるつもりなどない。

今度はもっと大きい穴《あな》を掘《ほ》ろうよ、場所はここがいいと思うんだ。

小さな前足で、また新しい穴《あな》を掘《ほ》り始《はじ》めた。

「バスター、だめだよ。もうおしまい！」ロバートがきっぱり言った。

するとバスターは掘《ほ》るのをやめてすわりこみ、ロバートとマイケルと父さんが、簡易防空壕《かんいぼうくうごう》を組み立てるのを見物することにした。波状《なみじょう》のトタン板六枚《まい》を組み合わせて上部をネジで留《と》め、かまぼこ型のトンネルを作り、前後は鋼鉄《こうてつ》の板でふさぐ。

「そうだ。ゆっくり降《お》ろして」父さんがロバートたちに言った。

防空壕《ぼうくうごう》は説明書通りにできあがった。

すると、タイガーがはじめて興味《きょうみ》を示《しめ》した。

ひなたぼっこにちょうどよさそうだな。日があたってきらきら光っているのが特にいい。

タイガーは起きあがると、防空壕《ぼうくうごう》へ近づいていった。

「あれ、タイガーも見にきたの？」マイケルが声をかけたが、タイガーは無視《むし》して防空壕《ぼうくうごう》に飛び乗ると、上で丸くなった。

それを見て、ロバートとマイケルは思わず吹《ふ》きだした。「まったくこいつは、世界一の怠《なま》け者《もの》だな。食べて寝《ね》て、また寝《ね》るんだから」

けれどもタイガーは、ゆっくりとひなたぼっこをさせてはもらえなかった。父さんが言ったのだ。

「タイガー、そこで寝《ね》ちゃだめだ。こんなふうに光ってちゃまずいんだ。ほら、どきなさい」

防空壕《ぼうくうごう》から追われたタイガーは一メートルも行かずに立ち止まると、父さんとロバートたちが、たったいま掘《ほ》りだしたばかりの土を、防空壕《ぼうくうごう》の上に積みあげるのをながめた。バスターは土の山を懸命《けんめい》に掘《ほ》り、今度は手伝うどころかじゃまになっている。

父さんは手を止めてまた説明書を読み、額《ひたい》の汗《あせ》をぬぐった。「上は最低四十センチの土でおおう、と書いてあるよ」

三人はスコップで土を載《の》せ続《つづ》け、ついに防空壕《ぼうくうごう》は土で完全におおわれた。

ルーシーと母さんが、できたてのレモネードと、クリームを載《の》せたカップケーキを庭へ運んできた。

それを見て、ロバートがはしゃいだ。「やった、ごほうびだ！」

「おいしそうだな」ルーシーがケーキをすすめると、父さんがほめた。

ルーシーはにこにこしながら、ケーキを頬張《ほおば》るマイケルにたずねた。

「どう、おいしい？」

マイケルは「うまい！」と笑って、またかじった。

バスターもケーキがほしくてたまらない。うったえるようにルーシーを見つめて口を開け、しっぽをちぎれるほどふっている。それでももらえないと、今度はおすわりして両方の前足をあげ、「ちょうだい」のポーズをした。

ルーシーは皿の上のカップケーキをひとつ、わざと地面に落として言った。

「あ、落としちゃった！」

バスターは飛びつくと、ひと口でケーキを飲みこんだ。そして、もっとほしいと鼻を鳴らした。

父さんはレモネードをごくごく飲《の》み干《ほ》すと、コップをトレーに戻《もど》して母さんにたずねた。

「さてと、防空壕《ぼうくうごう》のご感想は？」

母さんが丹精《たんせい》こめて作った花壇《かだん》は、すっかり台なしになってしまった。

「週に一度、洗濯物《せんたくもの》を干《ほ》すのがたいへんそうね」

「二、三週間もすれば、おれの目でも空からは見分けられなくなるよ」と父さんが言った。父さんは英国空軍のパイロットで、偵察機《ていさつき》を操縦《そうじゅう》している。空から地上の目印を見分けるプロだ。「屋根の土はすぐに雑草《ざっそう》や芝《しば》でおおわれるさ。その気になれば、花やトマトだって植えられるぞ」

ルーシーがくすくす笑いながら言った。「父さん、防空壕《ぼうくうごう》は見えなくなっても、うちの近くへ来たら、また飛行機から手をふってくれるでしょ？」

父さんはにっこり笑ってこたえた。「もちろん。アレクサンドラ・パレス（ロンドン北部の劇場などのある施設）が近いから、父さんがこの通りをまちがえることはないよ。だけどドイツの爆撃機《ばくげきき》には、ここに防空壕《ぼうくうごう》があって、なかにおまえたちが隠《かく》れてるなんて絶対《ぜったい》にわからない。大事なのはそこさ」

ルーシーは身震《みぶる》いした。「ねえ父さん、また戦争になるってほんと？」このところ、だれもが同じことをたずねあっていた。

「そうじゃないといいんだが……。父さんも、戦争にならないでほしいと思ってるよ」そう言って、父さんは母さんの肩《かた》を抱《だ》いた。「前の戦争は『大戦《たいせん》』（一九一四〜一八年の第一次世界大戦のこと）と言って、あらゆる戦いを終わらせるための戦争のはずだったんだ。いまとなっては疑《うたが》わしいけど……」

マイケルが、またひとつカップケーキを手に取って、ルーシーに笑いかけた。

ルーシーはにこにこしながら家のなかへ戻《もど》り、ローズがあとからついていった。

そしてルーシーが、バスターのボウルに水を入れてまた外へ出ると、ローズも影《かげ》のようにぴったりあとに続いた。ローズは、ほかの家族やバスターやタイガーについていくこともあるが、ルーシーを選ぶことが断然《だんぜん》多い。羊の群《む》れを集めたように、バスターとタイガーを集めようとしたこともあったが、どちらも言うことを聞かず、うまくいかなかったのだ。

「おいで、バスター、ずっと穴《あな》掘《ほ》りしてたから、喉《のど》がかわいたでしょ？」ルーシーはテラスに水の入ったボウルを置いた。

するとさっそくバスターがやってきて、ピンク色の小さい舌《した》でピチャピチャ水をなめた。のびをしてテラスに鋭《するど》い爪《つめ》を立てていたタイガーは、ルーシーになでられて、ゴロゴロ喉《のど》を鳴らしている。

ロバートが言った。「あんなにがんばったんだから、バスターに骨《ほね》でもやろうよ。じゃなきゃせめて、ビスケットのひとつやふたつは……」

バスターはロバートを見あげてしっぽをふった。

「いいわよ」と母さんが言うと、ロバートは家から犬用ビスケットの缶《かん》を持ってきた。缶《かん》を見たバスターはいっそう激《はげ》しくしっぽをふり、ビスケットをもらうと、ガツガツ食べた。骨《ほね》だろうがビスケットだろうが、食べ物は食べ物だ。

「ローズ、おまえも食べるかい?」とロバートがたずねた。

ローズはビスケットをひとつもらうと、ルーシーが腰《こし》かけているベンチの脇《わき》に寝《ね》そべった。

家族全員が同じ場所にいると、安心して落ち着けるのだ。

つい数か月前まで、ローズはデヴォン州（英国南西部）に住むロバートとルーシーのおじいさんのところで、羊を集める牧羊犬として働いていた。ところがある朝、主人であるおじいさんが姿《すがた》を見せなくなり、なにもかもが変わってしまった。ローズは毎日明け方から日暮《ひぐ》れまで農家の裏口《うらぐち》でおじいさんを待ち続け、夜になると寝床《ねどこ》のある納屋《なや》へ戻《もど》った。けれどもおじいさんは現《あらわ》れなかった。

おばあさんが食べ物を入れた皿を持ってきてくれることもあったが、忘《わす》れることもあり、ローズはお腹《なか》をすかせたままで眠《ねむ》りにつく日もあった。

そこへおじいさんの娘《むすめ》のヘレン、つまり、ルーシーたちの母さんが黒い服を着てやってきた。翌日《よくじつ》母さんはローズを連れ、汽車でロンドンへ戻《もど》った。そのあと、ローズがおじいさんに会うことは二度となかった。

ルーシーは、ローズがクーンと鼻を鳴らすのを聞きつけ、かがんで頭をなでてやった。

「悲しいの？」

ローズは、ときどき遠くを見るような目をする。いったいなにを考えてるんだろう、とルーシーは思った。デヴォンに帰りたいのかな？　おじいちゃんといっしょに広い荒野《こうや》で羊を追っていたのに、いまは狭《せま》い庭しか走れないなんて、おかしな感じだろうな。

「おじいちゃんに会いたいの？」ローズにきいてみる。

ローズはルーシーの手をなめた。

「わたしもよ」とルーシーが言った。

しばらくするとみんなは家のなかへ入ったが、タイガーは庭に残った。そしてひと足、またひと足と簡易防空壕《かんいぼうくうごう》へ近づいていった。好奇心《こうきしん》が強いタイガーは、さっき追いはらわれたせいで、よけい興味《きょうみ》がわいていた。土の段《だん》を駆《か》け下《お》りて、真新しい建物のなかをのぞきこむ。外の暑い日ざしとは打って変わって、防空壕《ぼうくうごう》のなかはひんやりと暗く、少し湿《しめ》っていた。

「タイガー！」ルーシーが庭に出てきた。「タイガー、どこにいるの？」

ルーシーは防空壕《ぼうくうごう》をのぞいて、タイガーを見つけた。「こんなとこにいたのね。呼《よ》んだら来なきゃだめでしょ！」タイガーはかかえあげられて足をじたばたさせたが、ルーシーはおかまいなしにタイガーを防空壕《ぼうくうごう》から連れだすと、家へ戻《もど》った。タイガーにとって、けっして楽な格《かっ》好《こう》ではなかったし、プライドも傷《きず》ついた。けれども相手がルーシーなのでがまんしていた。タイガーがミャーミャー鳴く子猫《こねこ》のころにこの家へ来て以来、ルーシーとのあいだには、特別な絆《きずな》がある。

居間では、ロバートがマイケルにバスターの新しい芸を披露《ひろう》していたので、ルーシーも立ち止まって見物することにした。

「バスター、ぼくの部屋ばきを持ってこい」とロバートが命令した。

すると、バスターは玄関《げんかん》にある靴箱《くつばこ》まで駆《か》けていき、青い革《かわ》の部屋ばきを片方《かたほう》くわえて駆《か》け戻《もど》り、ロバートの足もとに落とした。

ロバートは片足《かたあし》にそれをはいて、もう一度「ぼくの部屋ばき」と言った。バスターはあっという間に走りさると、もう片方《かたほう》をくわえてきた。

ごほうびはビスケットだ。

マイケルは、にやっと笑った。「バスターは、ほんとに賢《かしこ》いな」

「だれの部屋ばきか、ちゃんとわかるんだよ」ロバートはそう言いながら考えた。とはいえ、今日は父さんの新しい部屋ばきを持ってこさせるのは、やめておいたほうがよさそうだ。

「バスター、おまえはほんとにおりこうだな」

バスターはほめられて、勢《いきお》いよくしっぽをふったと思うと、今度は自分のしっぽを追いかけてくるくるまわり始めた。

「タイガーとローズも芸ができるのよ」ルーシーが口をはさみ、タイガーを肘《ひじ》かけ椅子《いす》の上に下ろした。「しかも、ローズはごほうびなんかいらないんだから。見て――ローズ、ふせ」

ローズは言われたとおり、腹《はら》ばいになった。

ルーシーが部屋の向こう側へ行くと、ローズも立ちあがってついていこうとする。

「ローズ、待て」

ローズはまた腹《はら》ばいになった。

「いい子ね」ルーシーがほめると、マイケルがたずねた。

「タイガーの芸ってどんなの？」

ルーシーは母さんの編《あ》み物《もの》かごから毛糸を一本取りだすと、タイガーの目の前の床《ゆか》で、ヘビのようにくねくね動かした。するとタイガーは椅子《いす》から飛び下りて毛糸に忍《しの》び寄《よ》り、前足ですばやく押《お》さえた。

そして得意そうにしっぽをぴんと立てると、最初はロバートのところへ行ってなでてもらい、それからマイケルの前へ行った。なでてもいいよ、という態度《たいど》。ほめられるのは、芸ではなくタイガー自身、ということだ。

第二章　おばあちゃんからの手紙

ドイツとの戦争が避《さ》けられない、との見方が強まり、毒ガス攻撃《こうげき》がすぐにも始まるかもしれないと、英国では数千万個《こ》ものガスマスクが大人にも子どもにも配られた。犬や馬用のガスマスクまでが作られていた。バスターやローズの分はまだなかったけれど、犬に無理やりマスクをかぶせたときの反応《はんのう》は、だれだって想像《そうぞう》がつく。

猫《ねこ》が素直《すなお》にマスクをつけさせると考えた者はさすがにいなかったらしく、猫用《ねこよう》はなかった。タイガーにガスマスクをつけるなんて、絶対《ぜったい》に無理だ！　そんなことをしようとすれば、ひっかかれてひどい目にあうに決まっている――そもそも、つかまえるのさえ手がかかるのに。

ドイツがポーランドとのあいだの不可侵条約《ふかしんじょうやく》（一九三四年、ドイツとポーランドは武力を用いずに両国間の諸問題を解決するという条約を結んだ）を一方的に破棄《はき》した一九三九年の春以来、英国じゅうの学校は戦争になった場合に備《そな》え、準備《じゅんび》を進めてきた。

ルーシーは、ガスマスクが大嫌《だいきら》いだった。顔全体をおおうゴム製《せい》のマスクで、口のところに箱型のフィルターがついていて、目のところは透明《とうめい》な窓《まど》になっている。大人たちは、そのどぎついピンク色のみにくいマスクに子どもたちがなじむよう、「ミッキーマウス・マスク」と呼《よ》んでいたが、どこからどう見ても、ミッキーマウスにも、ほかのどんなネズミにも、似《に》ても似《に》つかない。

マスクが毒ガス攻撃《こうげき》から命を守ってくれるとわかってはいても、ルーシーはどうしても好きになれなかった。マスクをつけると考えただけで気分が悪くなったし、実際《じっさい》にかぶると、フィルター越《ご》しに呼吸《こきゅう》をするのが息苦しく、ゴムのにおいが鼻についた。

おまけに、学校では週二回もマスクをつける訓練があった。政府からの説明書が全生徒に配られていた。

1. 息を止める
2. マスクを顔の正面に持ち、左右のベルトに親指をかける
3. あごをおおうようにしっかりマスクをかぶり、ベルトを上にぐっと引いて後頭部にかける
4. 指でマスクのまわりをさわって、ねじれがないかたしかめる

今日もモリソン先生がホイッスルを吹《ふ》いて叫《さけ》んだ。「ガスマスクをつけます！　箱からマスクを出しなさい！」

このところ、モリソン先生はいつも首にホイッスルをかけている。空襲《くうしゅう》で町が破壊《はかい》され、瓦礫《がれき》の下じきになったときに見つけてもらうためだ。

「今日は、目をつぶってマスクをつける練習です。毒ガス攻撃《こうげき》はいつあるかわかりません。昼かもしれないし、夜かもしれない」

「こいつをかぶったら、どっちみち、なんにも見えないよ」早々とマスクをつけた男の子が、ルーシーの後ろでぶつくさ言った。

その子の言うとおりだった。マスクをかぶると、とたんに透明《とうめい》な樹脂製《じゅしせい》の窓《まど》が曇《くも》ってしまう。石鹸《せっけん》をこすりつけておくと曇《くも》りにくいと言われ、やってみたけれど、目に石鹸《せっけん》が入って痛《いた》い思いをしただけだった。マスクが役に立つのはただひとつ――。

「一、二の三でつけなさい」

モリソン先生の号令で、クラス全員がいやいやガスマスクを手に取る。

「一……二……三！」

ルーシーはマスクのフィルターのなかに、思い切り息を吹《ふ》きこんだ、すると、おならそっくりの音が高々と響《ひび》き渡《わた》った。

モリソン先生はかんかんになった。

「だれ？　ふざけてるのは？　前に出なさい！」

先生は、ガスマスクをつけて並《なら》んでいる子どもたちをにらみつけた。これでは、犯人《はんにん》を見つけることは不可能《ふかのう》だ。

別の子たちも次々おならの音をさせ、モリソン先生はいまにも爆発《ばくはつ》しそうだ。

ルーシーはマスクに隠《かく》れてにやにやしていたが、先生に「恥《は》ずべき行為《こうい》」の罰《ばつ》として、「休み時間は全員教室で謹慎《きんしん》！」と言われ、笑いがひっこんだ。


ロバートとマイケルのように、学校の集団疎開《しゅうだんそかい》（攻撃目標とされそうな都市の小中学生を集団で田舎に避難させること）に参加しない子どもは珍《めずら》しかった。ロバートはデヴォン州にいるおばあちゃんのところへ縁故疎開《えんこそかい》するが、マイケルのほうは疎開《そかい》しないで、家族とともにロンドンに残るのだ。

マイケルの父さんは空襲《くうしゅう》のとき動物を保護《ほご》する〈ナルパック〉という団体の職員《しょくいん》で、青い十字を赤い丸で囲んだロゴ入りの腕章《わんしょう》やヘルメットを持っている。開戦が間近に迫《せま》り、ロンドンから多くの人々が離《はな》れていくなかで、増《ふ》え続《つづ》ける野良猫《のらねこ》や野良犬を保護《ほご》し、空襲《くうしゅう》が始まれば、はぐれたペットが飼《か》い主《ぬし》のもとへ戻《もど》れるよう、動物を飼《か》っている人の名前や住所を登録した名簿《めいぼ》を作るという。

学校の食堂でフィッシュパイを食べながら、ロバートはマイケルにたずねた。

「マイケルのお父さんは、戦争になったらほかにどんなことをするの？」

「町を巡回《じゅんかい》して、空襲《くうしゅう》で怪我《けが》をした動物を助けるんだ。傷《きず》ついた動物や、飼《か》い主《ぬし》とはぐれた動物を救助センターへ連れていったりね。ぼくも手伝うことになってる」

マイケルは、将来獣医《しょうらいじゅうい》になりたいと思っていた——そのためにはたくさんの試験に合格《ごうかく》しなければならないけれど。

ロバートは〈ナルパック〉で働くマイケルの父さんを尊敬《そんけい》し、自分もマイケルのように、なにかしら役に立ちたいと願っていた。

けれどもクラスのほかの子たちは、マイケルをばかにした。

「おまえ、犬くさいぞ」後ろのテーブルの男の子が言った。

マイケルは気にしなかった。犬のにおいは好きだ。

「子どもをロンドンに置いとくなんて、おまえの親はどうかしてるよ」隣《となり》のテーブルの子たちも口をはさんだ。「ポスター、読んでないのか」

町じゅうに貼《は》られている保護者《ほごしゃ》向《む》けのポスターのことだ。子どもたちを空襲《くうしゅう》の危険《きけん》が高いロンドンから安全な田舎《いなか》へ移《うつ》すよう、すすめている。なかには、「子どもを疎開《そかい》させないのはヒトラーの思《おも》う壺《つぼ》」という見出しのものもあった。ドイツのヒトラー総統《そうとう》（一八八九～一九四五年。一九三九年当時のドイツの独導者）の似顔絵が女の人に、「疎開《そかい》させるのはまちがいだ」とささやいている。

「マイケル、おまえ、ジェリーの罠《わな》にはまってるぞ」横からマークという子が言った。最近ではだれもがドイツ人のことを「ジャーマン」と呼《よ》ぶかわりに、ばかにして「ジェリー」と呼《よ》んでいた。

ロバートはマイケルに言った。「気にすんな」

「平気だよ」とマイケルは肩《かた》をすくめた。

子どもたちのほとんどは、集団疎開《しゅうだんそかい》を、冒険《ぼうけん》旅行へでも行くように楽しみにしていた。疎《そ》開《かい》がそのまま長く続くと思っている者などいない。

「せいぜい二、三週間だろ、そしたらヒトラーはさっさと降参《こうさん》しちゃって、ジェリーたちは『お母ちゃーん！』って泣きながらドイツへ引っ返し、おれたちの勝利ってわけだ」マークは続けた。

「何週間もただで旅行に行けるんだよな」ディックもにやにやしている。

「うちの母さんも、楽しんでらっしゃいって言ってたわ」とエミリーが言った。

「スロガートさえいっしょじゃなきゃいいのに」だれかが言うと、全員が賛成《さんせい》した。

スロガート先生は、ロバートたちの担任《たんにん》だ。背《せ》が低く頭は禿《は》げ、いつもかた苦しい黒い角帽《かくぼう》にガウンを羽織《はお》り、丸縁眼鏡《まるぶちめがね》をかけている。怒《おこ》ると顔がタコのように真っ赤になり、気に入らない生徒の手やお尻《しり》を杖《つえ》で容赦《ようしゃ》なく打つので、ロバートはスロガート先生を怒《おこ》らせないよう用心していた。

ディックがロバートに言った。「おまえも、みんなといっしょに来たいだろ?」

「なんか、楽しそうだな」ロバートはそう答えはしたものの、本心では、集団疎開《しゅうだんそかい》へ行く連中よりも、ロンドンに残ってお父さんを手伝えるマイケルのほうをうらやましく思っていた。

ぼくもロンドンに残りたい。

けれども、田舎《いなか》に親戚《しんせき》がいてめんどうを見てもらえる子どもは、縁故疎開《えんこそかい》するようすすめられていた。

はじめのうちは、母さんも心配していた。

「ふたりとも、おばあちゃんに迷惑《めいわく》をかけないようにするのよ。ちゃんとお手伝いもしてね。おじいちゃんが亡《な》くなって、おばあちゃんはずいぶん弱ってるから」

ロバートとルーシーは、絶対《ぜったい》に迷惑《めいわく》をかけないと約束した。

その日ロバートが学校から帰ると、おばあちゃんからの手紙が届《とど》いていた。手紙を持って二階にある自分の部屋へ行くと、タイガーがベッドの真んなかで丸くなっていた。ロバートはタイガーを横にどかせて、ベッドにすわった。

「おばあちゃん、なんだって？」ルーシーが戸口からのぞきこんだ。後ろにはローズもいる。

ルーシーへは手紙が来ていなかった。

ロバートは封筒《ふうとう》を破《やぶ》って手紙を開けた。

バーティへ
元気にしていますか？　暖《あたた》かい靴下《くつした》を編《あ》んで送ったのだけど、ちゃんと届《とど》いたかしら？　塹壕《ざんごう》（戦争の際、兵士が砲撃や銃撃から身を守るために使う穴または溝）のなかはひどく寒いと聞きました。
今週は、羽を痛《いた》めたメンドリが、斑点《はんてん》のついた卵《たまご》を三つ産みました。
ロバートとルーシーがこっちへ来るのをとても楽しみにしています。ふたりのために、ケーキを焼きました。大戦《たいせん》が終わって、あなたが帰ってくれさえすれば。早く会いたい……

「なんだか、意味がよくわかんないよ」ロバートはそう言って、ルーシーに手紙を渡《わた》した。

「バーティってだれ？」

「伯父《おじ》さんだよ。母さんのお兄さんで、ぼくたちが生まれる前に死んだはずだけど」

「だったらこの手紙は、お兄ちゃんに書いたんじゃないってこと？」

「だけど、住所はここになってる」

ルーシーは顔をしかめた。「おばあちゃん、ちょっとおかしいんじゃない？」

「なんとかなるよ」

「だけどわたしたちのこと、ちゃんとめんどう見てくれるのかな？」

「大丈夫《だいじょうぶ》さ。それにおまえだって、もう自分のことは自分でできるだろ」

ルーシーはうなずいた。母さんにはこの手紙は見せないほうがいい。心配させるだけだから。

第三章　戦争が始まった

九月三日、ロバートとルーシーはラジオの前にすわって、英国首相チェンバレン（ネヴィル・チェンバレン。一八六九〜一九四〇年）の演説《えんぜつ》を聞こうと待ちかまえていた。張《は》り詰《つ》めた空気のなかで、母さんは父さんの手をぎゅっと握《にぎ》りしめた。

「どうしてこんなことに……」母さんがつぶやいた。

二日前、ドイツ軍がポーランドに侵攻《しんこう》した。その翌日《よくじつ》、チェンバレン首相はドイツに、ポーランドから撤退《てったい》しなければ宣戦布告《せんせんふこく》する、と通達《つうたつ》を送った。ヨーロッパの征服《せいふく》をくわだてるヒトラーを食い止めるためには英国が宣戦布告《せんせんふこく》するかもしれないとわかってはいても、もう一度大戦《たいせん》が始まることを望んでいる者はいない。このあいだの大戦《たいせん》のおぞましい記憶《きおく》は、多くの人々にとってまだ生々しかった。

ロバートは、英国が参戦することは正しいと考えていた。ヒトラーは弱い者いじめをする。そんなやつを勝たせるわけにはいかない。もう少し大きければ自分も戦場で戦えたのに、とくやしく思うこともあった。けれどもバーティ伯父《おじ》さんが前の大戦《たいせん》で戦死したことを知っているので、口にはしなかった。バーティというのは、ロバートの愛称だ。ロバートの名前は、この伯父《おじ》にちなんでつけられたのだ。

おばあちゃんのおかしな手紙のことは、両親に話さなかった。少し後ろめたかったけれど、そうでなくとも、ふたりとも心配ごとだらけなのだ。これ以上心配させたくはない。戦争は、学校で子どもがするケンカとはわけがちがう――何百万人もの人が殺されるかもしれないのだ。

チェンバレン首相の演説《えんぜつ》は、午前十一時十五分に始まった。ラジオから聞こえる声は暗く、重々しかった。

「わたくしはいま、首相官邸《かんてい》の閣議室《かくぎしつ》から国民のみなさんにお話ししています。わが国は、今朝、ベルリン駐在《ちゅうざい》の英国大使を通じてドイツ政府《せいふ》に最後通牒《さいごつうちょう》を手渡《てわた》しました。その内容《ないよう》は、ドイツ軍のポーランドからの即時撤退《そくじてったい》を勧告《かんこく》し、午前十一時までに返答が得られなかった場合、わが国《くに》とドイツは戦争状態《じょうたい》に突入《とつにゅう》する、というものでした。

しかし、ドイツからの返答は得られませんでした。したがって、わが国《くに》はドイツとの戦争に突入《とつにゅう》します」

ルーシーは息を飲み、手を口にあてた。母さんの頰《ほお》を涙《なみだ》がひと粒《つぶ》伝った。恐《おそ》れていたことが、ついに起きてしまったのだ。

チェンバレン首相の演説《えんぜつ》は続いた。

「われわれはドイツとポーランドの関係を平和的に解決《かいけつ》しようと最後まで努力しましたが、ヒトラーは受け入れませんでした」

床《ゆか》で寝《ね》ていたバスターがころんと転がって、ローズの背中《せなか》にもたれかかったが、ローズはいやがらない。

「ヒトラーが、自らの欲望《よくぼう》を達成するために武力《ぶりょく》をもちいることは明らかです。敵《てき》を止めるためには、もはや戦うことしか残されていません」

ロバートは、かたく握《にぎ》りしめた父さんのこぶしを見つめた。母さんとルーシーは、あまりに驚《おどろ》いて、どうしたらいいかわからないようすだ。

ペットたちだけが落ち着いていた。戦争が始まることがわからないのだから、幸せだ。タイガーは母さんのひざの上で丸くなり、ローズは火のない暖炉《だんろ》の前に敷《し》いたマットの上でうとうとしている。そしてバスターは、ローズの背中《せなか》を枕《まくら》にして寝《ね》そべっていた。

「陸海空軍の各員、そして地域の防衛《ぼうえい》にたずさわる有志のみなさん、与《あた》えられた指示《しじ》にしたがって任務《にんむ》についてください。

工場、運輸《うんゆ》、公共事業、そのほか戦時下、国民の生命の維持《いじ》に欠かすことのできない業務《ぎょうむ》についているみなさん、任務《にんむ》を継続《けいぞく》することがなにより重要です。

どうか神のご加護《かご》がありますように。神よ、正しき者たちをお守りください。われわれが戦うのは、暴力《ぼうりょく》、誤《あやま》った主義《しゅぎ》、不正、弾圧《だんあつ》、迫害《はくがい》といった悪に対してです。わたくしは、正義《せいぎ》が必ず勝つと信じています」

チェンバレン首相の衝撃的《しょうげきてき》な演説《えんぜつ》が終わると同時に空襲警報《くうしゅうけいほう》が鳴《な》り響《ひび》き、うとうとしていた三匹《びき》もたたき起こされた。不気味に鳴《な》り響《ひび》くその音は、まるで死を予告するという伝説の妖《よう》精《せい》バンシーが泣《な》き叫《さけ》んでいるかのようだ。

タイガーは母さんのひざから飛び下りると、すごい勢《いきお》いで駆《か》けあがり二階のルーシーのベッドにとびこんだ。ローズはうなり声をあげてほえ、バスターはおびえてロバートに駆《か》け寄《よ》った。

「大丈夫《だいじょうぶ》だよ、バスター」ロバートが小さな体をなでてやっているうちに、空襲警報《くうしゅうけいほう》はしだいに小さくなった。

ちがう、本当はちっとも大丈夫《だいじょうぶ》じゃない。むしろその反対だ、とロバートにはわかっていた。

父さんはコートのそでに手を通しながら言った。「空軍基地《きち》へ戻《もど》らないと」

母さんは階段《かいだん》を小走りに駆《か》けあがると、父さんのスーツケースを取ってきた。もともと午前中に家を出る予定で軍服を入れ、すっかり荷造《にづく》りはすんでいた。こうなると、ぐずぐずしてはいられない。

「父さん、行っちゃやだ」とルーシーが言った。

父さんはルーシーを抱《だ》き寄《よ》せた。「おちびさん、しかたないんだよ。ヒトラーさんが勝ったら困《こま》るだろう?」

ルーシーはうなずいた。

父さんはロバートの手を握《にぎ》った。「留守《るす》を頼《たの》むぞ」

「わかってる。大丈夫《だいじょうぶ》、まかせといて」とロバート。

「よし。ルーシーもいい子にしてるんだよ」

「はい」ルーシーも約束した。

バスターは父さんを見あげてしっぽをふっている。

「おまえも元気でな」父さんはそう言って、小さいバスターをなでた。

父さんはスーツケースを受け取ると、母さんにキスをした。そしてにじむ涙《なみだ》を家族に見せまいと、玄関《げんかん》のドアを大きく開け、足早に去っていった。

ローズは父さんの後《うし》ろ姿《すがた》を玄関《げんかん》の戸口から見送った。タイガーはルーシーの部屋の窓《まど》から見送っていた。

バスターが母さんの足もとでクーンと鼻を鳴らした。母さんが見下ろすと、父さんの新しい部屋ばきを片方《かたほう》くわえていた。

＊　＊　＊

その晩《ばん》、父さんことウィリアム・エドワーズ航空大尉《たいい》が空軍基地《きち》に戻《もど》ると、ちょうどラジオからアドルフ・ヒトラーの演説《えんぜつ》が流れているところだった。

「ドイツ帝国《ていこく》の敵《てき》となった英国を待ち受けるのは、全滅《ぜんめつ》の運命のみだ！」

中佐《ちゅうさ》が言った。「悲しい日だな……」

ウィリアムもまったく同感だった。言いようもなく悲しい日だ。ウィリアムはスーツケースをベッドに置くと、その足で鳩舎《きゅうしゃ》へ向かった。長い口ひげをたくわえた鳩舎担当官《きゅうしゃたんとうかん》のジムは、古い友人だ。ちょうど鳩《はと》にエサをやる時間だった。ジムは、ブリキのマグカップに入れた紅茶《こうちゃ》をウィリアムに手渡《てわた》しながら言った。

「これからは、偵察《ていさつ》飛行の回数を増やさんとな」

ウィリアムはその言葉にうなずくと、紅茶《こうちゃ》をひと口飲んだ。ジムのいれる紅茶《こうちゃ》はとても濃《こ》いと評判《ひょうばん》で、「ティースプーンを入れても倒《たお》れない」と冗談《じょうだん》を言われるほどだ。

「おまえさんたちやＷ　ＡＡＦ《ダブリューエーエーエフ》も、忙《いそが》しくなるな」

ウィリアムはもう一度うなずいた。

ＷＡＡＦ《ダブリューエーエーエフ》、すなわち空軍婦人補助部隊《ふじんほじょ》は、実戦には加わらない。というのも、命を生みだす女性《じょせい》という存在《そんざい》が、命を奪《うば》ってはならないと考えられていたからだ。もちろん女性《じょせい》も地上整《せい》備員《びいん》として働いたり、機体の輸送《ゆそう》にたずさわったり、敵機《てっき》の探知《たんち》や暗号を解読《かいどく》したりといったさまざまな任務《にんむ》をになっていた。ウィリアムにとっても、女性《じょせい》部隊は部下の撮《と》った偵察《ていさつ》写真を解析《かいせき》するという重要な任務《にんむ》をはたしていた。

ふつうパイロットは、戦闘機《せんとうき》を操縦《そうじゅう》したがるものだ。しかし偵察機《ていさつき》のパイロットであるウィリアムは、偵察《ていさつ》写真の撮影《さつえい》が、ときには空爆《くうばく》以上に重要で、有益な任務《にんむ》だと知っていた。攻撃《こうげき》の成果を知るには、前後の情報《じょうほう》がなくてはならない。

ジムの鳩《はと》も、大切な役目を果たす。飛行機が撃墜《げきつい》されたとき、乗員の運命は、SOS《エスオーエス》のメッセージが基地《きち》へ届《とど》くかどうかで決まる。そのため、どの飛行機にも伝書鳩《でんしょばと》が二羽ずつ乗せられていた。

伝書鳩《でんしょばと》は、一旦《いったん》自分の巣の場所を覚えると、どんなに離《はな》れた場所からでも巣へ帰ることができる。驚《おどろ》くべき帰巣本能《きそうほんのう》だ。ジムの鳩《はと》たちにとっての巣は空軍基地《きち》だから、薄《うす》い紙片《しへん》に書かれた貴重《きちょう》な情報《じょうほう》を、足につけた容器《ようき》に入れて基地《きち》まで届《とど》けるのだ。

「おや、卵《たまご》じゃないか」ウィリアムが言った。

「ああ」ジムは口ひげを指に巻《ま》きつけながら答えた。「明日かあさってには、かえる予定だ」どうか優秀《ゆうしゅう》なヒナがかえりますように。

その卵《たまご》は、飼《か》っている鳩《はと》のなかでもいちばん優秀《ゆうしゅう》なつがいのもので、ジムは特別に期待をかけていた。

ジムは、ヒナが巣立つ前から訓練を始める。

最初の訓練は餌《え》づけだ。鳩舎《きゅうしゃ》にエサと水を置き、二週間ほどかけてエサをもらえる場所を覚えさせる。そして二週間が過《す》ぎたころ、ようやく鳩《はと》を外へ放すのだ。

興奮《こうふん》してやみくもに飛びまわる鳩《はと》もいれば、少し羽ばたくだけですぐに地面を歩きまわる鳩《はと》もいる。けれども、みな、お腹《なか》がすけばエサをもらいに鳩舎《きゅうしゃ》へ帰ってくる。

ジムは鳩《はと》たちを巣から連れだし、その距離《きょり》をじょじょに遠くする。八キロ、十五キロ、そして八十キロへと伸《の》ばしていく。

八十キロ地点から帰れるようになったベテランの鳩《はと》にも、定期的な訓練は必要だ。ジムは週に一度、そんなベテランの鳩《はと》を車に乗せて、毎回ちがう場所へ連れていき、どの方向からでも巣へ戻《もど》れるよう訓練していた。

「いちばんたいへんなのは、最初の数週間だ。なかには『こいつには帰巣本能《きそうほんのう》がないんじゃないのか？』と髪《かみ》をかきむしりたくなるようなやつもいる。それでもいつしかコツをつかんで、巣へ向かって飛び始めると、なんともいえず感動するね」

ウィリアムはにっこり笑うと、空《から》になったマグカップを置いた。

「明日の朝、また来るよ」

「ああ、とっておきの二羽を用意しとくからな」

ウィリアム・エドワーズ航空大尉《たいい》は、ジムに歓迎《かんげい》される数少ないお客のひとりだ。伝書鳩《でんしょばと》が帰巣するには、巣は安全な場所だと思っていることがなにより大切なので、ジムは鳩舎《きゅうしゃ》へ近づく人間を厳《きび》しく管理していた。「鳩《はと》の身になってみろ。巣箱に指をつっこまれておどかされたりしたら、巣に帰りたくなくなるだろうが。そのせいで哀《あわ》れな兵隊がひとり死んじまうかもしれないんだぞ」

実際《じっさい》に巣に指をつっこむような馬鹿者《ばかもの》がいると、ジムはそう言ってしかりつけるのだった。

次にウィリアムは飛行機の格納庫《かくのうこ》へ向かった。ウィリアムは自分の愛機を「バスター」と呼《よ》んでいた。以前は上下ふたつの翼《つばさ》が胴体《どうたい》をはさむ、スピードの遅《おそ》い複葉機《ふくようき》に乗っていたが、数年前、新しいブレニウム機（英国の軍用機）に切《き》り替《か》わったのだ。スピードは、時速四百キロを超《こ》える。機体はすべて金属製《きんぞくせい》で、飛翼《ひよく》は胴体《どうたい》のやや前寄りにあって機首が短い。旧型機《きゅうがたき》とちがって、離着陸時《りちゃくりくじ》に使う車輪が格納《かくのう》できる。

バスターはなんとも美しい反面、操縦《そうじゅう》がむずかしい。左右の翼《つばさ》に搭載《とうさい》されたプロペラのあいだのコックピットは狭《せま》く、前方左にある操縦席《そうじゅうせき》にすわると、計器の一部が見えないほどだ。プロペラの羽根の角度を変える装置《そうち》はパイロットの体の真後ろにあり、勘《かん》で動かすしかない。

しかも機内は凍《こご》えるほど寒く、乗員四名全員が厚手《あつで》の毛のジャケットを着こんでいた。

「準備万端《じゅんびばんたん》、いつでも出発できますよ」コックピットの窓越《まどご》しに機関士が呼《よ》びかけてきた。

ウィリアムは親指を立てて、了解《りょうかい》、と合図した。窮屈《きゅうくつ》とはいえ、ウィリアムは自分のブレニウム機を心から愛していた。

けれどもその晩《ばん》、愛機の前に立ったウィリアムは不安を覚えた。

偵察《ていさつ》飛行の途中《とちゅう》で、スピードで勝るドイツ空軍のメッサーシュミット戦闘機《せんとうき》に万一遭遇《そうぐう》したら、はたして「バスター」は逃《に》げきれるのだろうか。

第四章　別れの朝

ドイツ軍がポーランドに侵攻《しんこう》した九月一日以来、ロンドンでは夜に空襲《くうしゅう》の目標とならないように灯火管制《とうかかんせい》が敷《し》かれ、家の窓《まど》には暗幕《あんまく》を引いて明かりを一切外に漏《も》らしてはならず、車のヘッドライトや街灯もつけてはいけないことになった。

それでもタイガーや近所の猫《ねこ》たちは、夜の町へ出かけるのをやめたりしない。その日の未明、ちょうど父さんがフランスへ向けて飛びたったころ、外を出歩いていたタイガーが家へ戻《もど》ってきた。そして、ロバートとルーシーがローズとバスターを明け方の公園へ最後の散歩に連れていくあいだ、タイガーはルーシーの枕《まくら》の上でぐっすり眠《ねむ》っていた。

ふたりはその朝、デヴォン州のおばあちゃんの家へ疎開《そかい》することになっていた。

「ローズたちに会えなくなるなんて、さびしい……」公園へ向かいながらルーシーが悲しそうに言った。泣きそうなのを必死にこらえている。

「ぼくもだよ。だけど運がよければ、戦争は二、三週間で終わって、すぐにまた会えるさ」とロバートがなぐさめた。

戦争が短期戦で終わるかもしれない、といううわさはルーシーも聞いていた。けれども本当に、そんなに早く終わるのだろうか？

バスターは、公園へ行くとわかったとたん、リードをぐいぐい引き始めた。

なんでみんな、こんなにのろいの？　早く歩けば早く公園に着くんだよ。急いで！

リードはぴんと張《は》り、首が苦しそうだ。

「バスター、落ち着け！　窒息《ちっそく》するぞ」

ロバートが声をかけると、バスターはゆっくり歩こうとするが、一、二秒もすると忘《わす》れて、またリードをひっぱる。

ローズのリードを持つルーシーのほうは、なんの苦労もなかった。おじいさんのところでは、リードをつけたこともなかったローズだが、ルーシーの先を行かずに同じペースで横を歩くこつをすんなり学んだ。

「ローズはおりこうね」とルーシーがほめた。

公園の門を入ると、ふたりは犬たちのリードをはずしてやった。バスターはすっかり興奮《こうふん》して短い足を全速力で動かし、猛《もう》スピードであたりを駆《か》けまわる。

はじめはルーシーとロバートの横を歩いていたローズも、好奇心《こうきしん》をそそるにおいがあふれ、たくさんの犬が遊ぼうよ、と誘《さそ》ってくる公園の魅力《みりょく》には勝てなかった。ローズはバスターのあとを追い、ダンスでもするように仲よく芝生《しばふ》を走りまわった。

ロバートとルーシーが、足もとに駆《か》けてきた黄色い毛色のラブラドル犬の子犬に声をかけていると、バスターとローズがようすを見に駆《か》け戻《もど》ってきた。

ルーシーが子犬をなでながらいった。

「とってもかわいい」

「トビーっていうの。この子ときたら、たいしたやんちゃ坊主《ぼうず》でね」とラブラドルの飼《か》い主《ぬし》らしいおばさんが話しかけてきた。「娘《むすめ》の犬なのに、世話するのはいつもわたしなのよ」

トビーはあお向けになってバスターににおいをかがせていたが、今度はバスターの体によじ登ってきた。

「トビー、やめなさい！　まったく生きた心地がしないわ」おばさんは首輪にリードをつなぐと、引きずるようにトビーを連れていった。トビーはまだ遊びたりないらしく、ローズとバスターのほうをしきりにふり返っている。

ロバートとルーシーも歩き始めたが、バスターとローズは魅力的《みりょくてき》なにおいを嗅《か》ぎつけては立ち止まり、クンクン嗅《か》いだあと、大急ぎでまた追いかけてくる。

しばらく行くと、アヒルのいる大きな池の前に出た。

ロバートは、バスターをまたリードにつないだ。

「念のためだよ」とルーシーにうなずく。「池に落ちたりしないように――特に今日はね」

ルーシーはゆっくりと深呼吸《しんこきゅう》をした。二匹《ひき》を散歩させるのはこれが最後だということを、一瞬《いっしゅん》忘《わす》れていたのだ。犬たちの前では絶対《ぜったい》に泣かない、と、ルーシーは心に決めていた。泣けば不安にさせてしまう――特に、繊細《せんさい》なローズを。

家に戻《もど》ると、ルーシーはまっすぐ階段《かいだん》を駆《か》けあがってタイガーのところへ行き、柔《やわ》らかい毛に顔をうずめた。タイガーも頭をすり寄《よ》せて、喉《のど》をゴロゴロいわせた。

一階ではロバートが床《ゆか》に寝転《ねころ》がって、バスターとレスリングごっこをしていた。次はいつ、こんな風に遊べるかわからないのだ。バスターはすっかり興奮《こうふん》してロバートに飛びつき、耳をなめまくった。

二階のルーシーは、ベッドの上に用意しておいたガスマスクと名札と小さな茶色い段《だん》ボール製《せい》の旅行カバンを手に持った。カバンのなかには、着替《きが》えと歯ブラシ、そしてスケッチブックと鉛筆《えんぴつ》が数本入っていた。疎開先《そかいさき》へ持っていく荷物は自分で運べるだけ、と決められているので、考えに考えて選んだものだ。

「もう時間よ！」母さんは子どもたちに見つからないよう、すばやく涙《なみだ》をぬぐうと、階段《かいだん》の下から呼《よ》んだ。ロバートとルーシーを手放すのは辛《つら》くてたまらないが、ほかに選択肢《せんたくし》はなかった。

看護婦《かんごふ》の母さんは、今日からテムズ川に係留《けいりゅう》される船上病院に配属され、父さんはすでに空軍基地《きち》へ戻《もど》って偵察《ていさつ》飛行を続けている。バスターたち三匹《びき》は、知りあいの家に預《あず》けることになっていた。

「バイバイ、おりこうさん」

三人で家を出る前に、ルーシーはローズを抱《だ》きしめて、柔《やわ》らかい頭のてっぺんにキスをした。母さんと子どもたちがいなくなると、ローズは三人が出ていったドアをいつまでも見つめていた。バスターはローズとドアを見比《みくら》べて、うったえるように鼻を鳴らした。タイガーは二階へ戻《もど》って、また眠《ねむ》った。

パディントン駅に着いた母さんは、あっけにとられてあたりを見まわした。どっちを向いても人の山だ。人をかきわけなければ、プラットホームへたどり着けそうにない。

母さんは「離《はな》れないようにね」と、ロバートに言いきかせ、ルーシーと手をつないだ。人ごみのなかでは、あっという間にはぐれてしまう。ふたりの乗る汽車は十二番ホームだ。おばあちゃんの住むデヴォン州のウィザートン・オンザムーア村に駅はないが、疎開《そかい》児童を村まで運ぶバスが、最寄《もよ》り駅のニュートン・アボットで待っているはずだ。

子どもたちは学校ごとに集まり、駅には、まるで遠足にでも行くようなお祭りムードが漂《ただよ》っていた。

母さんは、ニュートン・アボット駅まで行くという学校の先生を見つけて、話しかけた。事情《じじょう》を説明すると、先生はロバートとルーシーを気にかけておくので、心配しないように、と言ってくれた。

「ウィザートン・オンザムーア村に疎開《そかい》する子たちも、同じ汽車に乗っています。お宅《たく》のお子さんと同じ学校へ通うことになるでしょう」

乗車の時間が迫《せま》っていた。

「二列に並《なら》んで、順番に！」と先生が大声で言った。

この学校も、ルーシーたちの学校と同じように列になって歩く予行演習をしていたのだ。

母さんはロバートとルーシーを抱《だ》き寄《よ》せた。

ルーシーが言った。

「タイガーが心配……。夜中に外へ出て、ハリスさんのおうちがわからなくなったらどうしよう」

「タイガーなら大丈夫《だいじょうぶ》よ」母さんが請《う》け合《あ》うと、ふたりは汽車に乗りこんだ。

実際《じっさい》母さんは、少しも心配していなかった。昔の同僚《どうりょう》、エルシー・ハリスがペットたちを預《あず》かってくれる。エルシーは、信頼《しんらい》できる人間だ。三匹《びき》を守り、きちんと世話をしてくれるだろう。

汽笛が鳴った。

「じゃあね、母さん」

「すぐ会えるからね」

その言葉どおり、すぐに子どもたちに会えますように。なによりも強く、母さんは祈《いの》った。窓越《まどご》しに手をふろうとしたけれど、ふたりが見つからない。窓《まど》ガラスの向こうは自分の両親を捜《さが》す子どもたちの顔で埋《う》めつくされていたが、ルーシーとロバートはどこにも見えなかった。

もう一度汽笛が鳴ると汽車が動きだし、母さんはプラットホームに取り残された。

駅を出た母さんはバスで家へ戻《もど》った。混《こ》んだ車内では、大勢《おおぜい》の母親が悲しみを隠《かく》し切《き》れずにハンカチで涙《なみだ》を押《お》さえていた。母さんと同じように、子どもと別れなければならなかったのだ。

母さんは、泣くまいと心に決めた。母親のほとんどは、子どもが住むことになる家さえわからないのだ。それを思えば、ロバートとルーシーはましだ。他人のもとへ行くわけではないのだから。なじみのある場所で、実のおばあちゃんと暮《く》らすのだ。前の大戦《たいせん》で兄のロバートが亡《な》くなったことは、おばあちゃんと母さんの親子《おやこ》関係にも影《かげ》を落としていたが、孫たちのめんどうは喜んで見てくれるだろう。

母さんは腕時計《うでどけい》を見た。急いで三匹《びき》をエルシーの家に届《とど》けて、船上病院に向かわなければ。

第五章　新しい環境《かんきょう》

環境《かんきょう》が変わると、新しい家や住人に慣《な》れるまで時間がかかる猫《ねこ》もいる。近所へ引《ひ》っ越《こ》したときなどは、二、三週間外へ出さずにおかないと、もといた家へ戻《もど》ってしまうこともある。

けれども、タイガーはちがった。

ハリス家へ来るなり、タイガーはいちばん居心地《いごこち》のいい肘《ひじ》かけ椅子《いす》を見つけ、そのまわりを二周して自分の縄張《なわば》りだと宣言《せんげん》した。それから椅子《いす》に飛び乗り、クッションに何度かすわり直すと目を閉《と》じた。

三匹《びき》がハリス家に預《あず》けられたはじめての夜、ほとんど眠《ねむ》れずにいたローズや、寝《ね》ながら悲しげに鼻を鳴らしていたバスターを後目《しりめ》に、タイガーはぐっすり眠《ねむ》った。そして朝が来ても、用を足しに行くとき以外は肘《ひじ》かけ椅子《いす》に陣取《じんど》っていた。居間には色あせた花柄《はながら》の壁紙《かべがみ》が貼《は》りめぐらされ、椅子《いす》の横にはラジオが置いてあった。壁紙《かべがみ》は、暖房《だんぼう》に使う石炭とタバコの煙《けむり》で黄ばみ、ところどころ黒ずんでいる。居間は、窓辺《まどべ》の薄汚《うすよご》れたカーテンのせいで、いっそう暗く見えた。

ローズもタイガーの椅子《いす》のそばの暖炉《だんろ》の前に寝《ね》そべり、火のない暖炉《だんろ》をぼんやり見ていた。冷たい石の床《ゆか》に敷《し》かれたベージュの敷物《しきもの》は、古びてはいたが、ないよりはましだ。

バスターだけは暖《あたた》かいキッチンにいた。エルシーにつきまとって、残飯をおねだりしていたのだ。

なんでもいいけど、ちょっと食べたいな。ぜいたくは言わないよ、どうしていつもお腹《なか》がすいてるんだろう。

ハリス家はいつも、キャベツを煮《に》たようなにおいがしていた。バスターは、もらえるものなら、たとえキャベツでも喜んで食べただろう。

「バスター、どいてちょうだい！」エルシーがしかった。出かける支度《したく》をしたいのに、足もとにぴったりくっついて離《はな》れないのだ。「そのうち、つまずいてひっくり返っちゃうわ」

パタンパタンと下りてくる部屋ばきの足音に、エルシーとバスターは階段《かいだん》のほうを見た。夫のハリーが起きてきたのだ。

ハリーは咳《せき》ばらいをして痰《たん》を切った。毎朝欠かさない儀式《ぎしき》だ。

「紅茶《こうちゃ》はいかが？」エルシーが明るく呼《よ》びかけた。

ハリーはなにやらブツブツつぶやいただけだが、エルシーはそれを「ああ、気がきくな。ちょうど飲みたかったんだ」と言ったと思うことにした。

「どきなさいったら」エルシーはもう一度バスターをしかったが、それでもまだしっぽをふって足もとから離《はな》れない。とうとうエルシーは根負けし、パンのかけらを投げてやった。ねばり勝ちだ。あっという間に飲みこむと、バスターは期待をこめて、またエルシーを見た。

「それだけよ。もうおしまい！」と、エルシーはしかった。

ハリーはキッチンへは行かずに、玄関《げんかん》から新聞を取るとまっすぐ居間へ向かった。昨日から着ている肌着《はだぎ》に濃《こ》い色のストライプのズボンをはき、ズボン吊《つ》りの片方《かたほう》は肩《かた》から落ちて、お腹《なか》のあたりにだらしなくたれ下がっている。

肘《ひじ》かけ椅子《いす》にすわろうとしたハリーは、タイガーに気がついた。そして自分の椅子《いす》に猫《ねこ》がいるのに腹《はら》を立てると、タイガーがニャーオと愛想よく挨拶《あいさつ》したのも無視《むし》して、鼻面《はなづら》を、丸めた新聞でいきなりたたいた。驚《おどろ》いたタイガーはギャーッと鳴いたが、ハリーがもう一度たたこうとしたので、あわてて椅子《いす》から飛び下りた。

「どうしたの？」キッチンからエルシーがたずねた。

「なんでもない！」とハリー。

「猫《ねこ》がどうかした？」

「知るか！　いまいましい畜生《ちくしょう》め」

ローズが、青い目でハリーを見つめた。けれどもじろりと見返され、ため息をついて顔をそげた。

肘《ひじ》かけ椅子《いす》にすわったハリーは、タバコを詰《つ》めたパイプをくわえ、ふんぞり返って新聞を広げた。

するとタイガーがそのひざに飛び乗って、新聞をしわくちゃにした。

「どけ！」

けっきょくタイガーは椅子《いす》の後ろに追いやられて、ハリーの禿《は》げ頭をながめる羽目になった。

ハリーはしかめっ面《つら》で新聞のしわをのばしながら思った。ペットの世話を押《お》しつけるとは、エドワーズ家の連中ときたら、厚《あつ》かましいにもほどがある。そもそもハリーは、ヘレンが気に入らなかった。前に、ばかにしたような目で見られたことがあったからだ。看護婦《かんごふ》ごときに、えらそうにされる筋合《すじあ》いはない。

「いまに見てろよ……」知らぬ間に声を出していた。

「なんですって？」エルシーが足早に紅茶《こうちゃ》を運んできた。

ジャックラッセル犬もついてきた。この家に来てからずっと、エルシーにつきまとっている。

ハリーはエルシーをにらみつけた。最近やたらと忙《いそが》しくしている。まるで働《はたら》き蜂《ばち》だ。家でおとなしくおれの世話をしていればいいものを。

「金もはらわずにこいつらを押しつけるとは、エドワーズも図々しい」ハリーは動物たちのほうをあごでしゃくった。

エルシーは入ってきたときと同じように、あわただしく居間を出た。実際《じっさい》にはヘレンからお金を受けとっていたのだが、なんとなく夫には言わずにいる。エルシーはエプロンをはずして言った。

「コンロの上におかゆがありますからね。残ったら、犬たちにやってくださいな」

ハリーは返事をしなかった。朝飯を自分で用意しろ、しかも居候《いそうろう》のばかどもにまで食わせろだと？　ハリーはパイプをトントンとたたいて、吸《す》い殻《がら》を灰皿《はいざら》へ落とした。

エルシーはコートを着るとボタンをかけ、玄関《げんかん》から声をかけた。「それじゃ行ってきます。今日は残業だから、遅《おそ》くなるわ」

「ふん」とハリー。

エルシーが出かけると、ハリーは「よっこらしょ！」と立ちあがって、キッチンへ行った。そしておかゆを器《うつわ》にたっぷりよそうと、砂糖《さとう》を大さじ山盛《やまも》り三杯《ばい》かけて、小さな樹脂製《じゅしせい》のテーブルについた。

バスターは、おかゆを食べるハリーの足もとにすわった。ひと口かふた口ちょうだい、というように首をかしげてハリーを見あげる。けれどもハリーはその手には乗らなかった。おれさまを甘《あま》く見るなよ、とわざと無視《むし》した。

けっきょく、三匹《びき》はおかゆをもらえなかった。それどころか、なにも食べさせてもらえなかった。ハリーは鍋《なべ》から最後のひと口までおかゆをこそげると、テーブルに器を置きっぱなしにしたままキッチンを離《はな》れた。バスターもあとについて居間へ戻《もど》った。

ハリーはもう一度、タイガーを肘《ひじ》かけ椅子《いす》から追いはらった。

「いまいましい畜生《ちくしょう》め！」

ハリーは火の消えたパイプを手にすると、三匹《びき》を見ながら考えこんだ。とんだ厄介者《やっかいもの》だ。そもそも、一家の主人に相談もなく預《あず》かることがまちがっている。

戦争が始まったいま、ペットをどうすべきかというのは、昨晩《さくばん》のパブでも話題になった。新聞やラジオでは、飼《か》い主《ぬし》への助言が繰《く》り返《かえ》されている——ロンドンが空襲《くうしゅう》を受ける前に、ペットを田舎《いなか》へ預《あず》けるのがいちばんだ。疎開《そかい》させることも飼《か》い続《つづ》けることもできない場合は、飢《う》えやけがで苦しまぬように安楽死という手もある……。

たしか、この近所にも引き受けてくれる場所があったはずだ。

ハリーが部屋からいなくなると、タイガーがすかさず肘《ひじ》かけ椅子《いす》に飛び乗った。

三十分後に戻《もど》ってきたハリーは、顔を洗《あら》い、肌着《はだぎ》の上にシャツと深緑色の毛糸のチョッキを着ていた。そして火のない暖炉《だんろ》の前で部屋ばきを脱《ぬ》ぐと、靴《くつ》にはき替《か》えて靴《くつ》ひもを結んだ。

それを見たバスターは散歩へ連れていってもらえると、喜んでしっぽをふった。けれども出かけることになったのは、バスターだけではなかった。

＊＊＊

ウィザートン・オンザムーア村へ続くでこぼこ道を行くバスはひどく混《こ》みあって、子どもたちが、ふたり掛《が》けの座席《ざせき》に三、四人ずつ詰《つ》めこまれていた。着替《きが》えを入れた旅行カバンや、ひとりにひとつだけ許《ゆる》されたおもちゃは置く場所もなく、みんなひざの上に載《の》せるか、足のあいだにはさんでいた。

「吐《は》きそう……」チャーリーという五歳《さい》の男の子（英国の小学校は五歳で入学する）がルーシーにうったえた。

「がんばって、がまんして」そう答えたルーシーも、本当はむかむかして吐《は》きそうだ。田舎道《いなかみち》はくねくねと曲がりくねっている。ルーシーはバスが早く目的地へ着きますようにと祈《いの》りながら、タイガーとバスターとローズがここにいたら、と考えずにはいられなかった。三匹《びき》も、長時間汽車やバスに乗るのは辛《つら》いだろうけれど。

「あ、あそこ！」だれかが叫《さけ》んで指さした。

子どもたちはバスの窓《まど》に鼻を押《お》しつけた。右手に海がきらめいていた。ほとんどの子が、海を見るのははじめてだった。

「おっきいね」

「波がおっかない」

ロバートは思わずほほえんだ。泳ぎ方さえ知っていれば、海は怖《こわ》くない。二年前の夏休み、おじいちゃんとおばあちゃんのところへ来たときは、ずっと海に入りっぱなしだったっけ。

「おまえさんは、まるで小さいアザラシだな」おじいちゃんは、ロバートの濡《ぬ》れた髪《かみ》をくしゃくしゃとなでながら目を細めた。「わしの子どものころそっくりだ」

そのときロバートは十歳《さい》でルーシーは七歳《さい》、おじいちゃんに会ったのはそれが最後だ。今年の春、復活祭《ふっかつさい》（イエス・キリストの復活を祝うキリスト教の祝日）間近のある日、おじいちゃんが天国に召《め》されたと告げる手紙が届《とど》いた。そしてお葬式《そうしき》へ行った母さんが、ローズを連れて戻《もど》ってきたのだ。

海が見えれば、ウィザートン・オンザムーア村はもうすぐだ。三十分後、ようやく目的地に着くと、子どもたちは列になってバスを降《お》りた。早朝パディントン駅に集合してから、汽車とバスを乗《の》り継《つ》ぎ、みんなへとへとだ。しかも長い長い一日には、まだ続きがあった。

「こっちよ！」ハバード先生が教会を指さして叫《さけ》んだ。背《せ》が高くやせ型のハバード先生は三十歳《さい》くらいで、濃《こ》い茶色《ちゃいろ》のショートヘア。ロンドンからの長い道中、列車に乗っている子どもたちを監督《かんとく》し、すっかり疲《つか》れ切《き》っていた。

子どもたちは旅行カバンを手に、二列に並《なら》んで教会へ向かった。ロバートの耳に、村の人たちが道ばたでひそひそ話す声が聞こえてきた。

「こんなに大勢《おおぜい》来られても……」

「これじゃ、シラミ取りの粉が足りないよ……」

「……食いぶちが増えちまう」

もっとひどいことを言う人もいた。「ロンドンへ送り返しちまえ！」

ルーシーに手を引かれた小さいチャーリーは、いまにも泣きだしそうだ。ロバートは、ルーシーがチャーリーとつないだ手を放そうとしないのに気づいていた。

ルーシーったら、甘《あま》やかしてはだめだ。本人ががんばらないと。けれどもルーシーの考えがちがうのはわかっている。バスターにも甘《あま》いから、もしもルーシーがバスターの世話をしていたら、きっと豚《ぶた》のように太っていただろう。

ルーシーがロバートに笑いかけてきた。「この子のめんどう見てもいいでしょ？」という意味だろう。すっかりチャーリーの母親になったつもりでいる。ルーシーがこうと思いこんだときには、反対するより気のすむようにさせたほうがいい。ルーシーはこのうえなくやさしく親切だが、なにかをやろうと決めると、世界一の頑固者《がんこもの》になる。

父さんの言葉がロバートの頭のなかで響《ひび》いた。「おまえは兄さんなんだから、妹のことを頼《たの》んだぞ」その期待を裏切《うらぎ》りたくはない。

「急ぎなさい。ぐずぐずしないで」ハバード先生は子どもたちを教会の扉《とびら》へとせかした。なかはほこりっぽくてかび臭《くさ》く、村の人たちはにこりともせず座席《ざせき》につき、司祭がロンドンの学校の校長に紅茶《こうちゃ》とケーキをふるまっていた。ハバード先生の指示《しじ》で、子ども全員がなかに入った。

「じゃあな、チャーリー」ロバートが励《はげ》ますように言った。

ところがチャーリーはこれまでよりもいっそう情《なさ》けない顔をして、不安でたまらないようすだ。

そのとき、チャーリーはトイレに行きたくてせっぱ詰《つ》まっていたのだ。先生に言いたくても勇気がなく、先生のほうも忙《いそが》しくて気がついてやることができなかった。

「早く前の壇《だん》にあがって！　みなさんに顔が見えるように横に並《なら》びなさい。小さい子は前の列。男子と女子は別々に。ほら、そこの子！」先生はチャーリーを指さした。

チャーリーは自分を指さした。「ぼく？」声にならない声で言うと、ルーシーの手を放した。もしかしたら先生も、チャーリーがトイレに行きたがっていることに、本当は気づいていたのかもしれない。顔には「あと一分もがまんできない」と書かれていたはずだ。チャーリーは、お母さんに家で「トイレに行きなさい」と言われたことを、百万回以上思い出しては後悔《こうかい》していた。なんであのとき、「もう行った」とうそをついたんだろう。

ハバード先生はチャーリーの腕《うで》を乱暴《らんぼう》につかんでルーシーから引《ひ》き離《はな》すと、最前列に立たせた。

「後ろにいたら、だれにも見えないでしょ、ばかな子ね」

すると、チャーリーの反対側にいた女の子がルーシーににじり寄《よ》って言った。

「ここじゃ、お兄ちゃんに守ってもらえないわね」

汽車のなかでルーシーをつねり、「ひどい、つねったわね」と言うと、やってないと言いはった、爪《つめ》のきたない子だ。

その子から離《はな》れようにも、教会には人がぎっしりいて、どこにも逃《に》げ場《ば》はなかった。背《せ》が高くも低くもないので二列目に立っていたルーシーには、チャーリーの後《うし》ろ姿《すがた》がよく見えた。変な格好《かっこう》、どうしてあんな風に足を交差させてるんだろう。ルーシーは顔をしかめた。あれじゃまるで……まるで……。

もうだめ……チャーリーはついにもらしてしまった。おしっこが半ズボンを濡《ぬ》らし、脚《あし》を伝って流れると同時に、涙《なみだ》が頰《ほお》を伝った。

ルーシーは唇《くちびる》をかんだ。悪い予感があたってしまった。

村人もそれを見ていた。みんな、うんざりという顔だ。

「まあまあ、なんて子だろう」

「しつけがなっとらん」

「がまんできないなんて」

ルーシーは腹《はら》を立てた。チャーリーのそばへ行って、「大丈夫《だいじょうぶ》よ」と言ってあげたい。けれどもハバード先生がチャーリーの腕《うで》をつかみ、体を乱暴《らんぼう》にゆすって言った。

「あきれた、どうしようもない子ね。トイレに行きたいって、どうして言わなかったの？」

チャーリーは口をぱくぱくさせたが、声が出ない。かわりに鼻水がたれてきた。

「まったく！　鼻をふいて着替《きか》えてきなさい」先生はトイレのほうを指さした。

ハンカチのないチャーリーは、そでで鼻をふいた。

第六章　逃《に》げだした三匹《びき》

北ロンドン郊外《こうがい》にあるウッドグリーン・アニマル・シェルターは、前の大戦《たいせん》のあとで作られた動物保護施設《ほごしせつ》で、これまでたくさんの動物に里親を見つけてきたが、戦争が始まってからは、ここに、ペットの安楽死を求める飼《か》い主《ぬし》が詰《つ》めかけていた。バスターたちが預《あず》けられたハリス家から、そう遠くない。けれども三匹《びき》を連れてシェルターへ向かったハリーは苦労していた。エドワーズ家から預《あず》かった猫用《ねこよう》のキャリーバスケットは、あとで売りはらおうと使わないことにした。だが、タイガーを抱《だ》いて外へ出たのがまちがいのもとだった。

タイガーはひっきりなしにもがき、二匹《ひき》の犬もおとなしく横を歩いてはくれなかった。ローズは歩くのが遅《おそ》すぎるうえ、しょっちゅう立ち止まるし、バスターのほうは反対に先を急いで、首がしまりそうなほどぐいぐいリードをひっぱる。

おまけに、ようやくたどり着いたシェルターには、同じことを考えた大勢《おおぜい》の人間が集まっていた。ペットを連れて、百人以上が並《なら》んでいる。ひょっとすると二百人はいるかもしれない。

「娘《むすめ》が知ったらどんなに悲しむかしら……」黄色いラブラドルの子犬を連れた女の人がなげいた。子犬はいっしょに遊ぼう、というようにバスターのそばへ来たがって、女の人の足もとでぐるぐるまわっている。「トビー、やめなさい。じゃましないの」

子犬は甘《あま》えて鼻を鳴らした。

「しかたないさ。戦争が始まるんだ。かわいそうなんて言ってる場合じゃない」二匹《ひき》のスパニエル犬を連れた人が言った。ローズとバスターは二匹《ひき》のにおいを嗅《か》ぎ、四匹《ひき》はうれしそうにしっぽをふった。

ミニチュアプードル犬を連れた太った男の人が言った。

「飢《う》えた犬は、飼《か》い主《ぬし》を襲《おそ》って食う、と言うじゃないか」

髪《かみ》をひっつめにした女の人も言った。

「赤ちゃんの安全が第一よ。犬は危険《きけん》ですわ」

女の人の連れているホイペット犬は、うっとりと飼《か》い主《ぬし》を見あげている。

キツネの毛皮のコートを着て、シャム猫《ねこ》を連れた女の人が言った。

「それに、動物は病気をうつしますもの」シャム猫《ねこ》は、タイガーに向かって、フーッとうなった。威嚇《いかく》されたタイガーは背中《せなか》を丸めてうなり返し、ハリーの腕《うで》から飛びだそうとした。

「こらっ」ハリーはあわててタイガーをつかまえ、動けないようにきつく抱《だ》いた。タイガーはいいかげんにしてくれ、という目でハリーをにらんだけれど、これでは逃《に》げられない。ハリーは右手でがっちりタイガーを押《お》さえこみ、左手には二匹《ひき》の犬のリードを握《にぎ》っていた。

まわりの話によると、動物をここで安楽死させるのは、思ったより時間がかかるらしく、一時間以上、運が悪ければ二時間も並《なら》ぶ羽目になりそうだ。

白い猫《ねこ》とボクサー犬を連れた男の人が言った。

「ヒトラーのやつより、狂犬病《きょうけんびょう》にかかった犬のほうがよっぽど早くこの国を崩壊《ほうかい》させるぞ」

ヨークシャーテリア犬を連れたおばあさんが言った。

「ヒトラーは、大隊一個分《こぶん》のスパイを使って、この国の動物を狂犬病《きょうけんびょう》に感染《かんせん》させようとしてるんですってよ」

ハリーは行列に並び、必死でタイガーを押《お》さえこみ、ローズを引きずり、バスターを引《ひ》き戻《もど》そうとしていた。そのあいだにも、列は着実に前へ進んでいた。なんともめんどうだが、ここまで来たからにはなんとしても最後までやり抜《ぬ》いてやると、ハリーは決意していた。

列に並《なら》ぶ動物たちは、残酷《ざんこく》な運命が待ち受けているとも知らずに、ほかの動物のにおいを嗅《か》いだり、しっぽをふったりしていた。

列のはるか先ではペットを連れた人々が建物のなかに入っていき、なにも連れずに出てくる。

「二シリング（英国のお金の単位。この物語のころには、十二ペンスで一シリング、二十シリングで一ポンドだった）かかるらしいぞ」だれかが後ろで言ったのがハリーの耳にも聞こえた。

ふり返ると、ダルメシアン犬を連れた赤いあごひげの男が別の男にたずねた。「そんなにかかるのか?」

「ただなのかと思ってたわ」黒猫《くろねこ》を入れたキャリーバスケットを持った女の人が言った。猫《ねこ》はダルメシアンにフーッとうなった。

ハリーもただだと思っていたので、お金がかかるかもしれないと聞き、かなりがっかりした。

「〈ナルパック〉さえいなきゃ、自分で殺《や》っちまうんだがな」こう言った男の人の連れた犬は、前足に痛々《いたいた》しい傷《きず》がある。

ハリーも〈ナルパック〉はおせっかい焼《や》きの集団《しゅうだん》だと思っていた。ハリーに言わせれば、動物保護など、戦場で戦いもせず他人のことに首をつっこむ、ただの怠《なま》け者《もの》のすることだ。

昨日のパブでは、ペットは全て、手数料をはらって登録され、首輪に番号を記した鑑札《かんさつ》をつけることになる、という話も出ていた。ハリーは、これまた無駄《むだ》な出費だ、お金にはもっとましな使い道がある、と考えていた。

以前エルシーが、〈ナルパック〉は無駄《むだ》だと憤慨《ふんがい》するハリーに言ったことがあった。

「迷子《まいご》やけがをした動物の飼《か》い主《ぬし》を探《さが》せるじゃない」

「それが、いらぬおせっかいだというんだ!」とハリーは言い返した。

「鑑札《かんさつ》をつけていなければ、安楽死させられるらしいわ」

だったら、まだ鑑札《かんさつ》のないこいつらも、ただで処分《しょぶん》できるはずだ、とハリーはひとりうなずいた。浮《う》いた金でビールの一杯《ぱい》や二杯《はい》は飲めるだろう。三匹《びき》を連れてきたせいで喉《のど》がからからだ。ハリーは、終わったらパブで一杯《いっぱい》やろうと決めた。

そのとき、傷《きず》のある犬を連れた男が言いだした。

「かわりにおれが一シリングで殺《や》ってやるぞ」

朝、家を出たとき、ハリーはお金がかかるとは予想していなかった。いまもはらう気なんてない。三匹《びき》安楽死させるってことは、代金が三倍かかるってことだ。自分が飼《か》ってるわけでもないのに、とんでもない話だ。

列は前へ進み続け、シェルターの建物からは次々と人間だけが出てくる。

入り口が近づいてくると、ローズが突然《とつぜん》わなわな震《ふる》え始《はじ》めた。

黒猫《くろねこ》を連れた女の人がたずねた。

「お宅《たく》の犬、どうしたの？」

「まるで自分の運命を知ってるみたいだな」傷《きず》のある犬を連れた男が言った。

「このバカ犬が！　いい加減《かげん》にしろ！」ハリーがしかった。リードをゆすっても震《ふる》えはおさまらず、ローズはおびえたようにハリーを見つめた。

シェルターの近くには独特《どくとく》なにおいが漂《ただよ》っていた。町の犬たちにはなじみがなくとも、農場育ちのローズは何度も嗅《か》いだことがあって、怖《こわ》くてたまらなくなった。それは、まがうことのない死のにおいだった。

列が前へ進んでも、ローズは足をつっぱって歩こうとしない。ハリーは力ずくでリードを引き、それでも動かないのでしまいには後ろからけりつけた。もう一匹《ぴき》が言うことを聞くだけましか、とハリーが自分をなぐさめた次の瞬間《しゅんかん》、バスターが悲しげに鼻を鳴らしたかと思うと、ローズがほえだした。まるで、動物たちに、なかへ入るなと知らせているかのようだ。

「静かにしろ！」ハリーはバスターとローズを怒鳴《どな》りつけ、タイガーを放さないように苦労して二匹《ひき》のリードをぐいっと引いた。

けれどもローズはほえ続け、バスターもいっしょになってほえだした。ローズは一瞬《いっしゅん》黙《だま》ったかと思うと、今度は頭をのけぞらせて遠ぼえを始めた。そのとき、タイガーがあっけに取られていたハリーをひっかき、鳴き声をあげて腕《うで》から飛びだした。

「こら、待て！」ハリーがあわててタイガーをつかまえようとした瞬間《しゅんかん》、バスターとローズもタイガーのあとを追って駆《か》けだそうとして全力でリードを引き、留《と》め具《ぐ》がはずれた。

三匹《びき》は死《し》にもの狂《ぐる》いの猛《もう》スピードで走りだした。

ハリーは列に並《なら》ぶ人々やペットを押《お》しのけて、よろよろとあとを追いながら叫《さけ》んだ。

「止まれ、戻《もど》ってこい！」

けれども三匹《びき》は、ほんの一瞬《いっしゅん》も足をゆるめなかった。

ラブラドル犬の脇《わき》を通ると、子犬がしっぽをふっていっしょに走ろうとした。

「トビー、いけません！」

三匹《びき》は、ミニチュアプードル犬と、サンドイッチを食べている飼《か》い主《ぬし》の横を通りすぎ、シャム猫《ねこ》やボクサー犬やホイペット犬、そのほかにも飼《か》い主《ぬし》と長い長い列に並《なら》んでいる、何百匹《ぴき》ものペットたちの脇《わき》を走《はし》り抜《ぬ》けた。

ダルメシアン犬がバスターのあとに続こうとして、リードをぐいっと引《ひ》き戻《もど》された。

バスターはすっかりわけがわからなくなっていた。どうして走っているのかはわからない、なにかとてつもなく恐《おそ》ろしいものから逃《に》げなければならない、ということ以外は。

＊＊＊

ウィザートン・オンザムーア村の教会では、ひとりの村人が言った。

「うちは、あの小さい子を連れてくわ……」

別の村人が言った。「だったらうちは、その子にしよう」

最初に選ばれたのは、小さい子どもたちだった。ロバートは眉《まゆ》をひそめた。こんな小さな子たちが知らない人の家で暮《く》らすなんて。

だが、チャーリーをほしがる人はいなかった。ついに前列で残っているのがチャーリーひとりになると、村人たちは二列目の子どもを選び始めた。

チャーリーが家から持ってきたおもちゃは、木のトラックだったが、いまはぬいぐるみのクマにすればよかった……と後悔《こうかい》していた。

カーラーで巻《ま》いた髪《かみ》にスカーフをかぶった女の人が、「その女の子を連れていくわ」とルーシーの隣《となり》の意地悪な子を指さした。

その子がいなくなって、ルーシーは心からほっとした。

中年の夫婦《ふうふ》がハバード先生の横に立って、なにか話している。

先生が子どもたちに向かってたずねた。

「ロバートとルーシー・エドワーズ。ロバートとルーシー・エドワーズはいますか？」

ルーシーは列を離《はな》れた。さっきまで隣《となり》にいた女の子は教会を出る前にふりむいて、あっかんべーとルーシーに舌《した》を突《つ》きだした。

「エドワーズです」ロバートが進みでると、ハバード先生が言った。

「こちらは、あなたがたのおばあさんの友人のフォスターさんご夫妻《ふさい》です。こちらのお宅に行くそうよ」

ルーシーがたずねた。

「だけどおばあちゃんは？　おばあちゃんの家に行くはずなのに……。どうして来てないんですか？」

「なにかあったんですか？」ロバートもたずねた。

「おばあちゃんは……」フォスターさんの奥《おく》さんが言いかけた。

ルーシーは不安になってロバートを見た。

そこでフォスターさんが、奥《おく》さんをさえぎった。

「心配ないさ。さあ、行こう」

ルーシーは、壇《だん》の上にぽつんと取り残されているチャーリーをふり返った。

「あのう……」

「なあに？」フォスターさんの奥《おく》さんがにっこり笑った。

「あの子もいっしょに連れていってもらえませんか？　いい子だし、食べ物はわたしの分を半分あげるからお金もかからないし……どうか……」

「妹は、汽車のなかであの子と仲よくなったんです」ロバートがあとを続けた。

フォスターさん夫妻《ふさい》はチャーリーを見た。

チャーリーも、親指を口に入れて吸《す》いながら、こっちを見ている。

フォスターさんと奥《おく》さんは顔を見合わせた。ルーシーは辛抱強《しんぼうづよ》く待った。

奥《おく》さんがようやく口を開いた。

「わかったわ」

ルーシーに手招《てまね》きされたチャーリーは、にこにこしながら大急ぎで走ってきた。

フォスターさんは三人の旅行カバンをトラックの荷台に積むと、子どもたちが荷台に乗るのを手伝った。荷台には、クッションがわりに麻《あさ》の布袋《ぬのぶくろ》が置いてあった。

フォスターさんの奥《おく》さんが、狭《せま》い助手席に乗りこみながら言った。

「今朝、おばあちゃんを迎《むか》えにいったの。でもね、最近ようすが変で……」奥《おく》さんは運転席に乗りこむ夫にめくばせした。「今日も、いっしょに来ないって言うのよ」

「おばあちゃん、病気なんですか？」ルーシーがたずねた。

「いや、そういうわけじゃないんだが……」フォスターさんは、どうしようと言うように、奥《おく》さんを見た。

奥《おく》さんは小さくうなずいた。「……話したほうがいいわ」

フォスターさんは続けた。「また戦争が始まったことが、おばあちゃんにはひどく辛《つら》くてね……」

「前の戦争でひとり息子……あなたたちの伯父《おじ》さんを亡《な》くしてるでしょ。悲しい思いをされたから」と奥《おく》さんがつけ加えた。

ルーシーが口をはさんだ。

「でもそれって、ずいぶん昔のことでしょ？　わたしが生まれるより前の――」

「やめろよ、ルーシー」ロバートが言った。「そういうことから立ち直るには、長い時間がかかるんだ」

「ロバートの言うとおりよ」奥《おく》さんがうなずいた。「というわけで……いまはあなたたちのお世話をするのは、むずかしいんじゃないかと思うの。だから、ふたりとも、うちに来てちょうだい」

「だけど、会うことはできますよね？」とロバートがたずねた。

「もちろんだよ。途中《とちゅう》でおばあちゃんの家に寄《よ》ろう」フォスターさんは車のエンジンをかけた。

トラックは騒音《そうおん》がひどく、家畜臭《かちくくさ》かった。どうやらふだんはあまり人間を乗せていないらしい。

ウィザートン・オンザムーア村を出て、トラックが轍《わだち》のあいだに草が生えている土の道をガタゴト行くと、チャーリーが文句《もんく》を言った。

「すっごくゆれるね」

十分後、車は小さな茅葺《かやぶ》き屋根の家の前で止まった。おばあちゃんの家だ。ロバートは先にトラックの荷台から飛《と》び降《お》りて、ルーシーが降《お》りるのに手を貸《か》した。ふたりは玄関《げんかん》へ急いだ。

「ぼくは？」とチャーリーが泣きべそをかいた。「置いてかないで！」

フォスターさんがチャーリーを降《お》ろしてやった。

ロバートはドンドンと大きくノックすると、ハンドルを押《お》し下《さ》げてドアを開けた。小さな村では、だれもドアに鍵《かぎ》なんかかけないのだ。ルーシーもあとに続いて家のなかへ入った。

「おばあちゃん？　おばあちゃん、どこ？」ロバートが呼《よ》んだ。

返事はない。いったいどこへ行ったんだろう？　ロバートは木の階段《かいだん》を上っていった。「おばあちゃん？」

ベッドは起きたときのままで整えられていないのに、おばあちゃんの姿《すがた》はどこにもない。

「散歩に行ったのかもしれないな」フォスターさんも寝室《しんしつ》の入り口へやってきた。チャーリーがしっかり手をつないでいる。

このところおばあちゃんは、年のわりにかなり遠くまで散歩に出て、村の人を驚《おどろ》かせていたらしい。

「迷子になってたらどうしよう」ルーシーが心配になって言った。

フォスターさんは首を横にふった。「大丈夫《だいじょうぶ》だよ。生まれたときからこの村に住んでるんだから。さあ、そろそろうちへ帰ろう。おばあちゃんには、明日また会いにくればいい」フォスターさんが階段《かいだん》を下りると、チャーリーはおとなしくあとに続いた。

本当をいえばロバートは、いますぐおばあちゃんに会いたかった。けれどもフォスターさんが言うことも、もっともだ。前に夏休みに泊《と》まったときも、おばあちゃんはときどきひとりで散歩に出かけ、なかなか帰ってこなかった。だれにも言わずに出かけることもあったが、しばらくすれば姿《すがた》を現《あらわ》す。いつものことだ。

ロバートはわかった、とうなずくと、ルーシーを連れて家を出て、玄関《げんかん》のドアをきちんと閉《し》めた。

第七章　冷たい寝床《ねどこ》

猫《ねこ》のタイガーは夜に町を歩いて、ウッドグリーン・アニマル・シェルターや、さらに遠くまで何度も行ったことがあった。おかげで、あたりの家や通りの表も裏《うら》もよく知っており、ローズとバスターを連れてエドワーズ家へ戻《もど》ることができた。ただ、犬は猫《ねこ》に比《くら》べて図体が大きく身が軽くないため、いつものように庭の垣根沿《かきねぞ》いに走って、物置の屋根に飛びあがり、裏庭《うらにわ》に忍《しの》びこんで通《とお》り抜《ぬ》けるという最短ルートは使えなかった。

バスターは家が近いとわかるとすっかり興奮《こうふん》し、先に立って全速力で走り、家の前庭を駆《か》け抜《ぬ》け、玄関《げんかん》の前でしっぽを激《はげ》しくふって、なかへ入れてくれ、とほえた。

ところがだれも出てこない。バスターはもう一度ほえた。

次にタイガーが、ニャーニャー鳴きながらドアをひっかいた。いつもなら、こうすればなかに入れてもらえるのに、今日はちがった。タイガーは一段《いちだん》と大きな声で鳴いた。やはりドアは開かない。タイガーは窓《まど》の敷居《しきい》に飛びあがると、しっぽの先をぴくぴくさせながら、なかをのぞきこんだ。バスターも何度も繰《く》り返《かえ》しほえた。けれど家はしーんとしたままだ。

ローズは二匹《ひき》の後ろで、頭をうなだれて立っていた。どんなに待ち続けてもだれも来ないことは、経験《けいけん》したことがある。

けれど、タイガーとバスターはあきらめなかった。タイガーは夜の町歩きで家の裏手《うらて》の路地も、よく知っている。バスターとローズを連れて、エドワーズ家の裏庭《うらにわ》の前に出た。塀《へい》は、犬でも簡単《かんたん》に飛《と》び越《こ》えられる高さだ。バスターは裏庭《うらにわ》から勝手口へ突進《とっしん》すると、家に入れて、とほえたてた。けれども家のなかは、暗く静まり返っていた。


ロンドンに残ったマイケルは、ロバートたちが疎開《そかい》しているあいだに、三匹《びき》のようすを知らせると約束していた。約束を守ろう、とハリス家の玄関《げんかん》のドアをノックしてみたが、返事がなかった。そのときにはエルシーは仕事に出かけ、ハリーは三匹《びき》をウッドグリーン・アニマル・シェルターへ連れていこうと家を出ていた。

しばらくしてマイケルがもう一度ハリス家に行き、ドアをノックしたときは、ローズとバスターとタイガーはエドワーズ家へ向かっているころだった。ハリーはパブでビールを飲んでいて留守《るす》だったが、エルシーがちょうど仕事から帰ってきたところだった。エルシーが玄関《げんかん》のドアを開けた。

「なにかご用?」エルシーはたずねた。

「ぼく、ロバート・エドワーズの友だちです。バスターとローズとタイガーがどうしているかと思いまして」

「まあ、うちを調べにきたのね?」エルシーは、少し気を悪くしたようだ。

「そんなんじゃありません」マイケルはあわてて言った。失礼なやつだとは思われたくない。

「ロバートが、三匹《びき》が慣《な》れたか、ようすを知らせてくれと言うんで……」

エルシーは答えた。

「とにかく、いまはいないわ。主人が散歩に連れていったみたい」実はエルシーも、三匹《びき》がどこへ行ったのかと考えていたところだ。

「タイガーもいっしょにですか?」

「まあ、猫《ねこ》を散歩させるのは、たしかに珍《めずら》しいわね」夫をよく知っているエルシーは、心のなかでつけたした——そもそも、怠け者《なまけもの》のハリーが散歩に行くこと自体がかなり珍《めずら》しい。ましてや他人のペットを散歩させるなんて……。わかっているのは、ハリーもエドワーズ家のペットたちも家にいないという事実だけで、説明としては散歩に行った、ということくらいしか考えられない。

マイケルはエルシーにたずねた。

「あとでまたおじゃましてもかまいませんか?」

「はいはい、お好きにどうぞ」そう答えて玄関《げんかん》のドアを閉《し》めながら、エルシーは心配になっていた。ハリーはいったい、どこでなにをしてるんだろう?

＊　＊　＊

「さあ着いたぞ、愛《いと》しきわが家《や》だ」フォスターさんは、茅葺《かやぶ》き屋根で、壁《かべ》が白い漆喰《しっくい》の大きな農家の前にトラックを止めた。デヴォン・ロングハウス（デヴォン州に古くから伝わる長屋式の農家。半分が牛舎になっている）と呼《よ》ばれるこの地方独特《どくとく》の建物で、十五世紀に建てられたという。

ロバートはトラックの荷台から飛《と》び降《お》りると、フォスターさんを手伝ってルーシーとチャーリーを下に降《お》ろした。

「ぼく、すっごくお腹《なか》ぺこぺこ。お腹《なか》と背中《せなか》がくっつきそう!」とチャーリーが言った。

フォスターさんの奥《おく》さんが夕ごはんを用意するあいだに、フォスターさんは農場を案内してくれた。かつては人間と牛が同じ屋根の下でいっしょに暮《く》らしていたという。

「だったら昔は牛が——おうちのなかにいたってこと?」チャーリーが聞いた。

フォスターさんは、そうだ、とうなずいた。チャーリーは、うそみたいだ、と思った。フォスターさんは「しかも、そんなに大昔のことじゃない」とつけ加え、さらに驚《おどろ》いているチャーリーの顔を見てにやっと笑った。「牛たちは、頭を壁《かべ》のほうに向けてつながれて、部屋の真んなかには糞《ふん》を外に流せるように、溝《みぞ》が掘《ほ》ってあったんだよ」

それでもチャーリーは、なかなか信じられないようだ。「だけどおじさんは？　牛といっしょに寝《ね》たりしないでしょ？」チャーリーは、立ったままうとうとしそうなくらい疲《つか》れていたが、牛が隣《となり》でいびきをかくのかと思うと眠《ねむ》る気がしなかった。

「おじさんはそれほど年寄《としよ》りじゃないさ。まあ、百年くらい前の、特に冬なんかは、あったかい牛と寝《ね》るのは、きっとありがたかったんじゃないかな」

チャーリーは、牛と寝《ね》るのがどうしてありがたいのかな、と不思議に思った。夜のあいだに牛になめられるかもしれないのに。

「この牛は、レッド・ルビーという種類だ」フォスターさんは、トビ色でやさしい目をした牛の横腹《よこはら》をなでながら教えてくれた。「デヴォン・ルビーとも呼《よ》ばれている。牛の最高級品種だよ」

ルーシーも牛をなでてみた。「きれい」

「すっごくおっきいね」チャーリーはまだ怖《こわ》そうに牛を見ている。

フォスターさんが口をはさんだ。

「いやいや、それはちがうよ。レッド・ルビーは牛のなかでは、中くらいの大きさなんだ」

「かみつかない？」チャーリーがたずねた。大きな口が、いまにもかみつきそうだ。

ルーシーが答えた。

「そんなことしないわ。とってもおとなしくて人なつっこいんだから」

フォスターさんはレッド・ルビー種を二十頭くらい飼《か》っていて、草地で放牧していた。

「レッド・ルビーは何千年も前からここに住んでるんだ。わしらがみんないなくなったあとも、いまと変わらず草を食べてるだろうよ」

フォスターさんが先に進み、三人の子どもたちはあとに続いた。チャーリーはふり返って牛をながめた。かまない、と聞いて一応《いちおう》は安心したものの、万が一ということもあるから、口の近くには手を出さないことにした。

「ニワトリがいる」ルーシーが顔をほころばせた。

チャーリーは、ニワトリを見るのもはじめてだった。ルーシーから、朝ごはんに食べる卵《たまご》はニワトリが産むと教えてもらって、びっくりした。まじまじとニワトリを見つめる。どうやって卵《たまご》を作るんだろう。

「エサをやってみるかい?」とフォスターさんがチャーリーに声をかけた。「ほら、これを投げてやりなさい。あっという間に食べちまうから」

チャーリーがトウモロコシの粒《つぶ》を投げると、ニワトリたちはコッコッと騒《さわ》がしく駆《か》けてきてついばみ始めた。そのようすを見て、チャーリーは笑った。

「トウモロコシが大好きみたい」

フォスターさんは、チャーリーの髪《かみ》の毛《け》をくしゃくしゃとなでた。「ならよかった。たくさん食べて元気なニワトリは、いい卵《たまご》を産むからな」

牛とニワトリのほかに、フォスターさんは農場のまわりに広がる丘でたくさんの羊を放牧し、果樹園《かじゅえん》では豚《ぶた》を数頭、そしてモリーという名前のボーダーコリーを牧羊犬として飼《か》っていた。

「ローズにそっくり！」モリーを見たルーシーは思わず声をあげ、次の瞬間《しゅんかん》、会えないことを思い出して悲しくなった。

ローズも、わたしと同じくらいさびしがってるかな？

ルーシーは、ローズがハリスさんの家で、ルーシーとロバートを捜《さが》して部屋から部屋へ歩きまわっているようすを想像《そうぞう》した。ローズは、家族みんながいっしょにいるのが大好きなのに……。家族がいつ、またいっしょになれるのか、ルーシーにもわからなかった。

フォスターさんが顔をしかめながら言った。

「すぐにわかると思うけど、モリーはローズのように賢《かしこ》くはないんだよ」

モリーは子どもたちを見ると、大はしゃぎでごろんとあお向けになった。チャーリーは家でペットを飼《か》ったことがなかったので、犬は少し怖《こわ》かったけれど、モリーのことは気に入った。

「なにしてんの？」チャーリーは、モリーがあお向けになってロバートにお腹《なか》をなでてもらっているのを見て笑った。「モリーのこと、くすぐってるの？」

モリーがくしゃみをしてはね起きたので、チャーリーはまた、ひとしきり笑った。するとモリーは、しっぽをふりながらチャーリーのところへ来て、手のひらに頭を押《お》しつけた。なでて、なでて、とせがんでいるのだ。

チャーリーはおそるおそるモリーの頭をなで、「とっても柔《やわ》らかい！」と驚《おどろ》いた。

「モリーはまだ子犬なんだ」フォスターさんはそう言ってからつけ加えた。「そして至上《しじょう》最悪の牧羊犬、だよな？」

名前を呼《よ》ばれて、モリーが激《はげ》しくしっぽをふった。

ロバートが言った。

「前に、おじいちゃんとローズが羊を集めるところを見たことがあります」ローズはおじいちゃんがしてほしいことをいつも正確《せいかく》にわかっていた――というより、言われる前にわかっているかのようだった。

＊　＊　＊

一方ロンドンでは、五時ごろ、ハリーがかなり酔《よ》っぱらって家に帰ると、かんかんになって待ちかまえていたエルシーが言った。

「どこへやったの？」

「ああ？　藪《やぶ》から棒《ぼう》になんだ？」

「エドワーズさんちのペットよ。どこにいるの？」

「ふん、知ったことか。どうせ逃《に》げたんだろう」

今度はハリーが怒《おこ》った口調だ。こうなると、なにを言ってもむだだ。

そのとき、玄関《げんかん》でノックの音がした。

「いまごろ、だれだ？」

「きっと、さっきの男の子だわ。たしか、お父さんが〈ナルパック〉で働いてるはずよ」

ハリーがドアを開けた。「どちらさん？」ろれつのまわらない舌《した》で言うと、マイケルを品定めするようにじろじろ見た。

「ぼく、ロバート・エドワーズの友だちで――」

「知らんな」ハリーはそう言って、ドアを閉《し》めようとした。

「待ってください！」マイケルは、あわててドアのすきまに足をはさんだ。ハリーはいまいましそうにその足をにらみつけると、マイケルの顔をあらためて見た。

「お宅《たく》で、エドワーズさんのペットを三匹《びき》預《あず》かってますよね、ボーダーコリー犬とジャックラッセル犬と雄《おす》のトラ猫《ねこ》――」

「だったらなんだ？　まあ、そんなの知らんがな」

もしもバスターが、いまこの家のなかにいて自由に動けるのなら、まちがいなく玄関《げんかん》に駆《か》けてきて、ほえて大騒《おおさわ》ぎするはずだ。

マイケルは足をどかしながら、きいた。

「三匹《びき》はこちらにいるんですか？」

ハリーはそのすきにドアをバタンと閉《し》めると、「おせっかい野郎《やろう》！」とドアについた郵便受《ゆうびんう》け越《ご》しに怒鳴《どな》った。

マイケルはとぼとぼと家へ帰るしかなかった。途中《とちゅう》でエドワーズ家の前を通りすぎたが、裏《うら》庭《にわ》にバスターとローズとタイガーがいることには気がつかなかった。

三匹《びき》は一時間以上前からエドワーズ家の裏庭《うらにわ》にいたが、家族がだれひとり帰ってこないので、家のなかへ入ることはできなかった。タイガーは、庭の小さな池で金魚をねらっていた。ローズは勝手口の前で、うなだれて腹《はら》ばいになっていた。バスターにとっても、今日はろくすっぽエサももらえず、命からがら逃《に》げだすという辛《つら》い一日だった。けれどもようやく持ち前の明るさを取《と》り戻《もど》すと、夕日を浴びながら、簡易防空壕《かんいぼうくうごう》が届《とど》いた日に穴《あな》を掘《ほ》ったあたりをまた掘《ほ》り始《はじ》めた。そして数分後、父さんの別の部屋ばきを掘《ほ》りだしたバスターは、泥《どろ》だらけになったよれよれの宝物《たからもの》を得意げにくわえていた。

そしてローズのほうを見て、じらすように部屋ばきをふり、追いかけておいで、と誘《さそ》った。

ローズは部屋ばきを見ただけで、反応《はんのう》はしなかった。するとバスターはローズに近寄《ちかよ》り、ついには部屋ばきをローズの鼻先に押《お》しつけるようにして、取ってごらんと誘《さそ》った。さすがのローズも、そこまでやられて無視《むし》してはいられない。バスターは、ローズが興味《きょうみ》を示《しめ》したと見るなり、部屋ばきをくわえてぴょんと後ろへ飛びはねた。

ほしかったら、追っかけてごらん。

次の瞬間《しゅんかん》には、ローズはバスターから部屋ばきを取ろうと、庭を駆《か》けまわっていた。バスターが落とした部屋ばきをローズが拾い、今度はバスターがローズを追いかける。二匹《ひき》は追いかけっこを続け、へとへとになってテラスに倒《たお》れこむまで繰《く》り返《かえ》した。

タイガーは、ようやくつかまえた金魚を食べ終え、そんなバスターとローズのようすをばかにするようにながめながら、念入りに毛づくろいを始めた。

動物たちは遊んだり、休んだりしながらも、だれか帰ってこないかと耳をすましていた。けれど、家族の足音は、聞こえてはこなかった。

家へ帰ったマイケルは、にぎやかなペットたちの声に迎《むか》えられた。ロンドンを離《はな》れなければならない近所の人や友人たちに頼《たの》まれて、すでに家は動物であふれていた。

犬や猫《ねこ》のほかに、鳥かごに入った鳥たちもいる——オカメインコ二羽、オウム一羽、そしてセキセイインコが三羽だ。

マイケルは父さんが戻《もど》ると、ハリス家でのできごとを話した。

「ハリスさんがなにかしたのは、まちがいないと思うんだ。こそこそして、いかにも信用できない感じだったから」

父さんは、母さんがいれてくれた紅茶《こうちゃ》を待ちかねたように受けとると、マイケルに言った。

「ウッドグリーン・アニマル・シェルターへ連れていかれた可能性《かのうせい》が高いな」父さんの表情《ひょうじょう》は、最悪の場合もあると語っていた。

マイケルは、三匹《びき》が安楽死させられてしまったかもしれないこと、そして自分がそれを止められなかったことに腹《はら》が立った。

「殺された動物の記録はないの？　どうにかして調べられない？」

マイケルがたずねると、父さんは肩《かた》をすくめた。「調べることはできるよ。記録も、きちんと保存《ほぞん》されることになっている、だけど戦争が始まって、たくさんの人が押しかけてるから、なかなか思うようにはいかないんだ。ハリスさんが本名で登録するとも思えないしな」

「だったら、父さんの名簿《めいぼ》に三匹《びき》を載《の》せて調べてよ」とマイケルが頼《たの》みこんだ。「まだ生きてるかもしれないいんだ」

父さんは首を横にふった。「無理だ。空襲《くうしゅう》があったわけじゃないんだから」

マイケルには、行方不明の理由なんて関係なかった。三匹《びき》の行方が知れないことを、より大《おお》勢《ぜい》の人が知ってくれれば、見つかる可能性《かのうせい》が高くなることはわかり切っている。

「もうじき空襲《くうしゅう》が始まれば、飼《か》い主《ぬし》とはぐれた動物がロンドンじゅうに何千匹《びき》もいるようになるんだぞ。それに、たとえその三匹《びき》が見つかったところで、鑑札《かんさつ》もないのに、どうやっておまえの友だちのペットだとわかる？」と父さんが言った。

「だけど、なにかできることはあるはずだよ」

「とにかく、情報《じょうほう》を集めることだ。うまくすれば捜《さが》しだせるかもしれない。でもそれ以上、できることはないよ」父さんは険《けわ》しい表情《ひょうじょう》でそう言うと、ため息をついた。多くの飼《か》い主《ぬし》があまりにも気軽にペットを捨《す》てたり、安楽死させたりしているため、動物を大事に思う者は、辛《つら》い思いをしていた。

マイケルは、ボタンインコにニンジンをやった。

「ペットを放す人も大勢《おおぜい》いて、このところ町には、野良犬や野良猫《のらねこ》が増えてきている。ハリスさんが安楽死させたのなら、最悪とは言えないかもしれないよ。野良になって、飢《う》えて死んだり、車にひかれて苦しんで死んだりするのに比《くら》べれば」

けれどもマイケルは、話の後半を聞いていなかった。もしもハリスさんが三匹《びき》を外に放したならば、エドワーズ家に戻《もど》っているかもしれない、と思いついたのだ。

「ロバートの家を見てくる」

ところが玄関《げんかん》へ行こうとすると、母さんに止められた。

「いまはだめよ。まず夕ごはんを食べて、それから、鳥かごを掃除《そうじ》する約束でしょ」

「だけど……」

「だけど、は、なしよ。行くのは明日でも遅《おそ》くないわ」

＊　＊　＊

ロバートとルーシーとチャーリーは手を洗《あら》って、ご馳走《ちそう》が山盛《やまも》りに置かれたテーブルについた。

「今日はなんのお祝い？」とチャーリーがたずねた。こんなにたくさんの食べ物を見るのは、はじめてだ。

フォスターさんの奥《おく》さんはにっこり笑った。「あなたたちの好きなものがわからないから、いろいろ用意してみたの」

ハムとチーズのサンドイッチ、ミートパイ、ケーキ、ジャムとクリームをそえたスコーン……。

チャーリーは奥《おく》さんに見守られて、ご馳走《ちそう》にむしゃぶりついた。五歳《さい》の子にしては、ものすごい食べっぷりだ。

夕食をすませると、フォスターさんはロバートをもう一度おばあちゃんの農場へ連れていってくれた。あたりはもう暗くなりかけていた。家の窓《まど》からろうそくの明かりが見えるので、ちゃんと戻《もど》ってきたらしい。ところが玄関《げんかん》のドアの向こうになにかが置いてあって、ドアが開かない。

フォスターさんがドアをたたくと、「帰れ！」と怒鳴《どな》り声がした。「帰らないと撃《う》つよ！」

「おばあちゃん、ロバートだよ！」

ロバートが呼《よ》びかけても聞こえないらしく、おばあちゃんは「帰れ！」と叫《さけ》ぶだけだ。

ロバートはフォスターさんの顔をのぞきこんだ。「どうしよう……」

フォスターさんは少し考えてから、「明日の朝、出直したほうがよさそうだな」と答えた。

＊＊＊

夜になってもエドワーズ家の人たちは戻《もど》らず、ローズとバスターとタイガーは、じめじめして暗い簡易防空壕《かんいぼうくうごう》のなかで寝《ね》ることにした。

タイガーとバスターが、外で夜を明かすのははじめてだ。タイガーも夜中に冒険《ぼうけん》に出るといっても、これほど長く外にいたことはないし、天気が悪くなればいつでも暖《あたた》かいベッドに帰れた。

ところがいまは、食べるものもなければ家族もいない。バスターはお腹《なか》がすいた、と哀《あわ》れっぽく鼻を鳴らした。いままで、晩《ばん》ごはんを食べずに寝《ね》たことなんて、一度もない。今日は、朝エルシーにもらったパンのかけら以外、なにも口にしていない。バスターは、温《あたた》まろうとローズに体をくっつけた。タイガーは二匹《ひき》から少し離《はな》れたところに、床《ゆか》の土を少し掘《ほ》り、満足がいくように仕上げると、そこで横になった。けれども、土の寝床《ねどこ》は冷たいし、さびしい。しばらくするとルーシーの体温が恋《こい》しくなって、タイガーも二匹《ひき》の犬のそばで丸くなり、三匹《びき》は折り重なるようにして眠《ねむ》った。

＊　＊　＊

そのころフォスターさんの家では、ルーシーが、なじみのない部屋の冷たいベッドに横たわっていた。ロンドンの自分の部屋の自分のベッドにいられたら……。隣《となり》にはタイガーがいて、ゴロゴロと喉《のど》を鳴らす音が聞こえたなら、どんなにいいだろう……。でこぼこの枕《まくら》をげんこつでたたいて形を整え、ぼんやり壁紙《かべがみ》の模様《もよう》を見つめていると、ルーシーの頬《ほお》に涙《なみだ》がひと粒《つぶ》こぼれた。ベッドは自分のよりかたいし、普段《ふだん》使われていない部屋はほこりっぽくて、かび臭《くさ》かった。

母さんと父さんに会いたい、でもそれ以上にタイガーとバスターとローズに会いたかった。会いたい気持ちが強すぎて胸《むね》が苦しく、眠《ねむ》れそうにない。

ルーシーの隣《となり》の部屋をロバートといっしょに使うことになったチャーリーには、ルーシーのような悩《なや》みは一切なかった。長くて忙《いそが》しい一日で疲《つか》れ切《き》っていたため、ベッドにもぐりこんだ瞬間《しゅんかん》に寝《ね》てしまったのだ。

一方ロバートは、ベッドに横になり、頭の後ろで手を組んで天井《てんじょう》を見つめていた。父さんはいま、どこにいるだろう。ブレニウム機で敵地《てきち》上空を飛び、英国の勝利のために写真を撮《と》っている姿《すがた》を想像《そうぞう》してみる。

そのとき、チャーリーのいびきが聞こえてきた。小さな体にしてはびっくりするほどの大いびきだ。ロバートは、これでは眠《ねむ》れそうにない、と思ったが、規則正《きそくただ》しいいびきの音は不思議と心地よく、ほどなくぐっすり眠《ねむ》りについた。

第八章　旅立ち

ローズが目を覚ましたのは、まだ夜が明ける前だった。そして三匹《びき》は、五時には簡易防空壕《かんいぼうくうごう》をあとにした。

バスターとタイガーは、生まれてこのかた、北ロンドンの家を離《はな》れたことがない。けれども、三匹《びき》をかわいがってくれた人たちは家からいなくなり、どこへ行ったのかわからない。居場所《いばしょ》をなくした三匹《びき》は、不安を感じ、そのうえお腹《なか》をすかせていた。

おばあさんの家に住んだことがあるのは、ローズだけだ。ひょっとするとローズは、こっそり防空壕《ぼうくうごう》を抜《ぬ》けだして、以前住んでいたデヴォン州への長い旅路につくつもりだったのかもしれない。けれどローズが庭を出ようとすると、あとの二匹《ひき》も起きだしてきて、ぴったりとあとについて道を歩き始めた。

とはいえローズも、ロンドンからデヴォン州まで行く道を知っていたわけではない。ただ、そこが目的地だというのはたしかだった。直観と本能《ほんのう》を信じて進むしかない。あとの二匹《ひき》は、リーダーを必要としていた。だから、どこかに向かおうとしているローズについていくことにしたのだ。

アレクサンドラ公園（ロンドン北部にある公園）にさしかかると、バスターは競馬場に残る馬のにおいに夢中《むちゅう》になった。本当は気のすむまで芝生《しばふ》を嗅《か》いでいたかったが、ほかの二匹《ひき》がどんどん先へ行くので、置いてきぼりにはなりたくない。

カシとブナの木が茂《しげ》るクイーンズウッド（ロンドン北部の公園）では、バスターが、今度はリスに気を取られ、草の生《お》い茂《しげ》る小道を追いかけていくうちに、仲間とはぐれそうになった。リスは木に登って姿《すがた》を消し、バスターは木の下でひとしきりほえてから戻《もど》ろうとしたが、道がふた手に分かれている。バスターがローズとタイガーのにおいを嗅《か》いで捜《さが》していると、背《せ》の高い下草をかきわけて二匹《ひき》が現《あらわ》れた。

三匹《びき》はハムステッドヒース公園（ロンドン北部の公園）でひと休みし、冷たい池の水をたっぷり飲んだ。喉《のど》のかわきがおさまると、バスターとローズは芝生《しばふ》で追いかけっこしたり、ふざけて耳や前足にかみついたりして遊び、タイガーは伸《の》びをしながらそのようすをながめていた。

早朝の町では、二匹《ひき》の犬と一匹《ぴき》の猫《ねこ》がいっしょに歩いていてもあまり目立たない。次にローズはパーラメントヒルからプリムローズヒルへ向かい、リージェンツ・パーク（ロンドン北部にある王立公園）の門をくぐった。

バスターはこれまで一度も水のなかへ入ったことがない。ロバートとルーシーが何度か散歩で連れていってくれた公園では、池でガーガー騒《さわ》がしく鳴いているアヒルに興味津々《きょうみしんしん》だった。けれども池の近くまで行くと必ずリードにつながれたので、水やアヒルがどれほど魅力的《みりょくてき》でも、なかへは入れなかったのだ。

リージェンツ・パークのボート池にさしかかると、ローズが足を止めた。水面をじっと見つめている。バスターは、ローズと池を交互《こうご》に見比べた。

ローズは、水面の下をすべるように行き来する影《かげ》に目をこらして、しばらくぴくりとも動かなかったが、突然《とつぜん》大きくジャンプすると、しぶきを立てて池のなかへ飛びこみ、バスターを驚《おどろ》かせた。数秒後、バタバタ暴《あば》れる魚をくわえたローズは犬かきで岸へ戻《もど》ると、さっそく魚を食べ始めた。バスターとタイガーは、それを見つめていた。

池に入ったことも魚を捕《と》ったこともないバスターだが、なにをすればいいかはすぐにわかった。池には空《から》のボートがつながれていたが、バスターは水面下を動く影《かげ》を追いかけて、池のまわりをほえたてながら走りまわった。

水に飛びこむ勇気はないけど魚は食べたい、どうにかして魚をつかまえてやる。

タイガーのほうは桟橋《さんばし》から水面を見つめていた。

いつでも飛びかかれるようにじっと待ちかまえるのが狩《か》りの基本《きほん》だ。バスターみたいに走ったりほえたりしては、獲物《えもの》がおびえて逃《に》げてしまう。

ローズが魚をしっぽの先まで平らげたころ、疲《つか》れ切《き》ったバスターは走るのもほえるのもやめて、しょんぼり地べたにふせ、哀《あわ》れっぽく鼻を鳴らした。

タイガーはひたすら待っていた。

泳げるけど、体を濡《ぬ》らすのはごめんだ。食事が向こうからやってくるのを待つことにしよう。ほどなくタイガーの待ちぶせる場所に、ローズが捕《と》ったのよりひと回り小さな魚が近づいてきた。タイガーは、さっと前足を魚にたたきつけた。魚は目を回し、必死に泳ぎ続けようとしたけれども手遅《ておく》れだった。タイガーは桟橋《さんばし》の上に獲物《えもの》を引きあげた。まだぴくぴく動いているが、かまわず食べ始める。

ローズに続いてタイガーも魚を食べるのを見たバスターは、あせって池に入り、泳ごうとしたが、その場でくるくる回るだけだ。ほかの二匹《ひき》のように魚をつかまえるわざはない。けれども運のいいことに、バシャバシャ水をはねあげるバスターを珍《めずら》しそうにのぞきこんでいる好奇《こうき》心《しん》の強いネズミがいた。バスターは、ネズミを腹《はら》ペコのお腹《なか》に入れることができた。

バスターがネズミを食べ終えたところへ、二羽の白鳥が水面をすべるようにやってきた。白鳥を見るのは、三匹《びき》ともはじめてだ。タイガーは背中《せなか》を丸めて威嚇《いかく》しようとし、ローズも毛を逆立《さかだ》てた。ところがバスターは怖《こわ》がりもせず、興奮《こうふん》してほえながら、白鳥に挨拶《あいさつ》しようと池のなかへ飛びこんだ。

縄張《なわば》りを荒《あ》らされ怒《おこ》っている白鳥は、シャーッと威嚇《いかく》しながらバスター目がけて進んでくる。危《あぶ》ない、早く戻《もど》って、とローズがほえても、バスターはすぐには戻《もど》ってこない。もう一度、早く、とせかされてようやく岸へはいあがり、白鳥につつかれる前に二匹《ひき》のあとを追った。

リージェンツ・パークを出た三匹《びき》は、近くにあるロンドン動物園の門にさしかかった。その日は、動物たちが安全のため、郊外《こうがい》にあるウィプスネード動物園へ移送《いそう》される日で、ゾウが飼《し》育係《いくがかり》に誘導《ゆうどう》されてオリの外を歩いていた。偶然《ぐうぜん》出くわしたバスターは、生まれてはじめて見る巨大《きょだい》な動物に恐《おそ》れおののいた。

ゾウの飼《し》育係《いくがかり》のところへ、もじゃもじゃの赤毛の助手が駆《か》けつけた。

「爬虫類館《はちゅうるいかん》のヘビはどうしますか？　まだ残ってるんです。だれも連れにこなくて。クモとサソリも忘《わす》れられてます」

「連れていけないんだ」と年上の飼《し》育係《いくがかり》の男が言った。

「だけど……」

「クロロホルムで眠《ねむ》らせるのさ。万一ドイツ軍の手に渡《わた》ったらたいへんだからな」

「だからって、そんな……ひどすぎます！」

「若《わか》いの、戦争ってのはそういうもんだ」

ゾウは最後にひと声あげると、去っていった。

三匹《びき》はそのまま車の多い通りをうまくかいくぐり、バッキンガム宮殿《きゅうでん》（英国国王の宮殿）を通りすぎて進み続けた。三匹《びき》は気づかなかったが、旗竿《はたざお》に高く掲《かか》げられ風にたなびく王室旗は、国王と王妃《おうひ》が疎開《そかい》をせずに、宮殿《きゅうでん》にいることを告げていた。

いつもの週末ならばそろそろ通りが混《こ》み始《はじ》める時間だが、通りを行きかう人の数はずいぶん少なかった。観光を楽しむ余裕《よゆう》のある人などなく、飼《か》い主《ぬし》のいない三匹《びき》を気にとめる人も、まるでいなかった。

＊　＊　＊

デヴォン州ではじめての朝を迎《むか》えたロバートとチャーリーは、時を告げるオンドリの声に起こされた。

「なんの音?」チャーリーの目は、恐怖《きょうふ》に大きく見開いていた。あんな恐《おそ》ろしい声を聞いたのは生まれてはじめてだ。

「オンドリが鳴いてるだけだよ」ロバートが眠《ねむ》そうに答えた。

「オントリって?」とチャーリーがたずねた。

「オ・ン・ド・リ――ニワトリの雄《おす》のことだよ」

チャーリーは納得《なっとく》せずに顔をしかめた。「ニワトリはコッコッて鳴くもん」

ロバートはかけ布団《ぶとん》をはねのけた。「来いよ、見せてやるから」ふたりはパジャマ姿《すがた》のまま鶏《とり》小屋《ごや》へ向かった。

「すっごくうるさいね！」時を作るオンドリにすっかり感心したチャーリーは、しばらく考えこんでいた。「ママね、ときどきぼくのこと、うるさいって言うの。もしかして――」チャーリーは、突然《とつぜん》べそをかきそうになった。「もしかして、うるさいから、ぼくのこといらなくなったの？」

「そうじゃないよ」とロバートがなぐさめた。「ロンドンにいると、ヒトラーが攻《せ》めてきて、爆弾《ばくだん》が落ちるかもしれないだろ。チャーリーに、けがしてほしくないからだよ」

茅葺《かやぶ》き屋根の家で目を覚ましたルーシーは、タイガーがゴロゴロ喉《のど》を鳴らす声が聞こえないのをさびしく思っていた。

物心ついてからずっと、ルーシーのベッドにはタイガーがいたのだ。ルーシーはかけ布団《ぶとん》から脱《ぬ》けだすと、旅行カバンのところへ行き、ただひとつ持ってきたおもちゃ――スケッチブックと鉛筆《えんぴつ》――を取りだした。そしてフォスターさんの奥《おく》さんに「朝ごはんよ！」と呼《よ》ばれるまで、夢中《むちゅう》で絵を描《か》いた。

ルーシーが階段《かいだん》を駆《か》け下《お》りていくと、ロバートとチャーリーもちょうど外から戻《もど》ってきた。

朝ごはんは、ベーコンと卵《たまご》とマッシュルームにトマトとソーセージ、そして揚《あ》げパンという豪《ごう》華《か》なメニューだ。

「みんな、お腹《なか》すいてるといいんだけど」と奥《おく》さんが言った。

「ぼく、いっつもお腹《なか》すいてるよ！」チャーリーはそう答えると、ご馳《ち》走《そう》にむしゃぶりついた。

＊＊＊

そのころロンドンのマイケルは、朝ごはんをすませてロバートの家へ向かっていた。九番地――ハリスさんの家の前を通りかかると、そのとたんにレースのカーテンがさっとしまった。

考えれば考えるほど、バスターたちはエドワーズ家に戻《もど》ったように思えてしかたがない。けれども玄関《げんかん》のドアには厳重《げんじゅう》に鍵《かぎ》がかけられていた。窓《まど》から家のなかをのぞきこんでみても、なにも見えない。マイケルは家の裏手《うらて》の路地へ回ると、塀《へい》を乗《の》り越《こ》えて裏庭《うらにわ》へ入った。でもやはり、三匹《びき》の姿《すがた》はない。マイケルはあきらめ切れずに名前を呼《よ》んでみた。「バスター、ローズ……タイガー？」

けれども三匹《びき》は駆《か》け寄《よ》ってこなかった。ため息をついたマイケルは、簡易防空壕《かんいぼうくうごう》のことを思い出して、そちらへ向かった。庭に、昨晩《さくばん》バスターとローズが遊んでいた部屋ばきが落ちていたのには気づかなかった。

防空壕《ぼうくうごう》のなかに三匹《びき》の姿《すがた》はなかったけれども、マイケルは、床《ゆか》の土が新しく掘《ほ》られていることに気がついた。どうやら猫《ねこ》が寝《ね》ていたらしい。もっとよく見ようとしゃがみこんだ。寝床《ねどこ》があるからといってタイガーがいたとは限《かぎ》らず、どこかの野良猫《のらねこ》が来たのかもしれない。ところが近づいて見てみると、なにかが半分地面に埋《う》もれていた。拾いあげると音がする。まちがいない、これはタイガーの首輪の鈴《すず》だ。

タイガーがここで寝《ね》たのが、ロバートたちがデヴォンへ出発する前なのか、出発したあとに戻《もど》ってきたのかはわからない。

ハリスさんの家の九番地から十五番地のエドワーズ家へはすぐだ。猫《ねこ》がもとの家へ戻《もど》るのはよくあることだと、マイケルは知っていた。

マイケルは鈴《すず》をもっとよく見ようと、防空壕《ぼうくうごう》の外へ出た。まだ光っている。落としてから時間がたてば錆《さ》びているはずだ。けれど、しばらく待ってもタイガーは戻《もど》ってこなかった。ついにマイケルはあきらめて、鈴《すず》を手に家へ帰った。

マイケルが九番地の家の前を通ると、レースのカーテンがまた動いた。

なかではエルシーがハリーに、「あの子が戻《もど》ってきたわ」とささやいていた。

「うちへは来ないだろうな？」とハリーが言った。

エルシーはハリーをちらりと盗《ぬす》み見《み》た。動物たちをいったいどうしたのか、いまだに話さないし、話すつもりなど、まるでなさそうだ。

「いいえ、行ってしまいましたよ」

「こうるさいおせっかい焼《や》きの〈ナルパック〉め。あんな組織を作るとは、政府《せいふ》がまちがっとる。罪《つみ》もない市民をおどかしおって」ハリーは文句《もんく》を言いながら、テーブルの食べかけのゆで卵《たまご》と紅茶《こうちゃ》のところへ戻《もど》っていった。

エルシーは、ハリーが罪《つみ》のない市民だなどとは、お世辞にも思っていなかった。むしろその反対で、赤《あか》ん坊《ぼう》のころから腹黒《はらぐろ》く、ほかの赤ちゃんのガラガラを盗《ぬす》んだりしたにちがいないと思っていたが、なにも言わなかった。夫が近くにいるときは、黙《だま》っているにかぎるのだ。

＊＊＊

三匹《びき》の動物たちは、トラファルガー広場（ロンドン中心部にある広場）にあるネルソン記念碑《きねんひ》（十八世紀の英国海軍提督ネルソンの像が頂上に据えられた記念柱）の近くで足を止めた。最初はタイガー、次にバスター、最後にローズまでが立ち止まった。もちろん、記念碑《きねんひ》の足もとに横たわる四頭の巨大《きょだい》なライオンの銅像《どうぞう》のせいではない。公園の鳩《はと》のせいだった。タイガーにとっては即《そく》、食べ物だ。

タイガーはまず、ねらった獲物《えもの》にこっそり近づこうとした。ところが、生まれてはじめてこれほどたくさんの鳥を見たバスターが、すっかり興奮《こうふん》してほえながら追いまわしたせいで、当然ながら、鳩《はと》たちは飛びたった。――けれどもそう遠くへは行かずにまた舞《ま》い降《お》りた。トラファルガー広場の鳩《はと》は、観光客に追われたり、おどかされたりするのに慣《な》れっこだった。子どもたちが群《む》れの真ったただなかを走りぬけることもしょっちゅうで、小さな犬の一匹《ぴき》くらい、さほど気にしなかったのだ。

ローズも、いつの間にか鳩《はと》の群《む》れを追っていた。

騒《さわ》いでも獲物《えもの》は手に入らないことを知《し》り抜《ぬ》いているタイガーは、身を低くしてひたすら待った。辛抱《しんぼう》したかいがあった。一羽が、ほえたてるバスターとしつこく追いまわすローズから逃《に》げて、タイガーに気づかず目の前に舞《ま》い降《お》りたのだ。タイガーはその鳩《はと》を捕《と》らえた。

バスターとローズは鳥を追うのをやめて、食事をするタイガーを見つめた。二匹《ひき》もお腹《なか》をすかせていた。鳩《はと》は大きく、タイガーは全部食べ切れなかった。そして、食べ残しをバスターとローズのほうへ押《お》しやると、残骸《ざんがい》を引き裂《さ》く犬たちを後目《しりめ》に、ていねいに顔を洗《あら》い始《はじ》めた。犬たちはまだお腹《なか》をすかせていたが、鳩《はと》の群《む》れはすぐまたやってきた。バスターとローズは鳩《はと》を追い、二羽目がつかまって餌食《えじき》になった。

ようやくお腹《なか》がいっぱいになった三匹《びき》は、噴水《ふんすい》の冷たい水をたっぷり飲んで喉《のど》のかわきをいやした。暖《あたた》かい日ざしのもと、ローズは疲《つか》れた足を水で冷やした。

動物たちはしばらくライオン像《ぞう》の陰《かげ》で眠《ねむ》っていたが、灰色《はいいろ》の巨大《きょだい》な阻塞《そさい》気球（敵の爆撃機の低空からの攻撃を防ぐために、金属のワイヤーで係留された飛行船）が頭上にさしかかると、驚《おどろ》いて目を覚ました。バスターは、ベンチの下へ逃《に》げこんだ。これほど大きなものが飛んでいるのを見たのは、はじめてだ。農場暮《ぐ》らしで、自分より体の大きな動物に慣《な》れているローズは、バスターほどおびえはしなかったものの、気球が見えなくなるまで不安そうに見送っていた。タイガーは前足をなめていた。

たそがれどきはさらに進み、三匹《びき》はコヴェントガーデン（ロンドン中心部の繁華街）の石畳《いしだたみ》の上を歩いて、裏通《うらどお》りへ足を踏《ふ》み入《い》れた。

するとまた、新しく魅力的《みりょくてき》なにおいが漂《ただよ》ってきた。スミスフィールド市場（ロンドン中心部にある肉市場）の肉のにおいだ。日曜日で市場は休みだったが、三匹《びき》はゴミ捨《す》て場《ば》の肉をあさって夕飯にありつき、タイガーは市場のネズミも一、二匹《ひき》ご馳走《ちそう》に加えた。

そのまま市場で寝《ね》ようとしたら、あいにく警備員《けいびいん》に見つかって、バケツの水をかけられた。

「とっとと出てけ！　ぐずぐずしてると皮をはぐぞ！」

全身ずぶ濡《ぬ》れだがお腹《なか》いっぱいの三匹《びき》は、市場を出て進み続けた。

＊　＊　＊

ロバートとルーシーは、フォスターさんに連れられて、またおばあちゃんに会いにいった。おばあちゃんは、昨晩《さくばん》ロバートを締《し》めだして、「出ていけ」と怒鳴《どな》ったことなどさっぱり覚えていないようだ。

「まあまあ、ロバートにルーシー！」庭でスコップを手にしていたおばあちゃんは、ふたりを見ると喜んで声をあげた。「ふたりとも、いったいどうしたんだい？　学校は休み？　お母さんはいっしょじゃないの？」

フォスターさんが気の毒そうにロバートに笑いかけた。昨晩《さくばん》おばあちゃんの家からの帰り道、フォスターさんは、もしおばあちゃんがふたりを引き取ると言いだしても、しばらくはチャーリーといっしょに自分の家にいるほうがいいかもしれない、と話していた。「おばあちゃんはこのところ……ちょっと混乱《こんらん》することがあるんだ。今日は大丈夫《だいじょうぶ》でも、次の日にはまたようすがちがってね……」

ロバートは、孫が疎開《そかい》してきたことなどすっかり忘《わす》れているらしいおばあちゃんを見て、これまでフォスターさんはおばあちゃんの状態《じょうたい》をかなり控《ひか》えめに言っていたのだと理解した。

「いま、フォスターさんの家にいるんだ」

「あら、そうなの？」とおばあちゃん。

ルーシーは驚《おどろ》いてロバートの顔を見た。ルーシーがおばあちゃんの家で暮《く》らしたいと思っているのはわかっていたし、ロバート自身も、もちろん同じ気持ちだ。いくらいい人たちだとはいえ、フォスターさんのことはほとんど知らない。それでも取りあえずは、いまのままのほうがよさそうだ。

「うん……だけど毎日会いに来るよ」とロバートが言った。

「それじゃ明日ね」おばあちゃんはそう言うと、掘《ほ》りかけていた庭の穴《あな》に戻《もど》った。

「おばあちゃん、なにしてるの？」とルーシーがたずねても、「あんたには関係ないよ」と掘《ほ》り続《つづ》けている。

ロバートは首を横にふると、ルーシーに、もう帰ろうと手ぶりで伝えた。

「おばあちゃん、また明日ね」

おばあちゃんは返事もせずに穴《あな》を掘《ほ》っていた。

フォスターさんの家への帰り道、ルーシーがロバートにたずねた。

「ねえ、おばあちゃん、いったいどうしちゃったの？」

フォスターさんがそれを聞きつけて、「戦争のせいだよ」と答えた。「前の戦争を経験《けいけん》し、愛する者を失った人にとって、もう一度戦争が始まるのは耐《た》えられないことなんだ」

フォスターさんは、そう感じているのはけっしておばあちゃんひとりではないと知っていた。悲しみをかかえ切れなくなった人間を、だれが責《せ》めることができるだろう？

＊＊＊

ロンドンはとっぷりと日が暮《く》れ、長い一日で三匹《びき》はくたくたになっていた。そして、とにかくどこか、安全で乾《かわ》いた寝場所《ねばしょ》を見つけなければ、という思いにつき動かされるように、ただ前に進み続けていた。

市場でびしょ濡《ぬ》れになった体がようやく乾《かわ》いたところを、今度は突然《とつぜん》の嵐《あらし》が襲《おそ》い、三匹《びき》はもう一度ずぶ濡《ぬ》れになっていた。朝は、デヴォン州に向かおうと元気いっぱいだったのに、夜にはもうぼろぼろだった。三匹《びき》は、容赦《ようしゃ》なく降《ふ》りしきる雨と吹《ふ》きつける風のなかを、うなだれて歩き続けた。ロンドン橋を渡《わた》ったときも、下を流れるテムズ川の暗い川面《かわも》を見ることもなく、川をすべるように進む船上病院にも気づかなかった。

橋の上にはひとりの若《わか》い男がいたが、じっと川を見下ろしていたため、ずぶ濡《ぬ》れの三匹《びき》が通りすぎたのは目に入らなかった。その男、陸軍兵のマシューズは、どうしても戦場へ行く気になれなかった。いつかはドイツ兵を撃《う》つか、自分が撃《う》たれるか――どちらもできそうにない。ほかの人たちがそんなことをするのさえ信じられない。人間が、別の人間の命を奪《うば》うなんて、ありえないことだ。

けれどもそんなふうに感じるのは自分だけで、口にしようものなら罵倒《ばとう》される――マシューズは黙《だま》っているしかなかった。職場《しょくば》の同僚《どうりょう》が聞こえよがしに、「臆病者《おくびょうもの》」とつぶやいた――たぶんそのとおりなのだろう。ただひとつたしかなのは、自分が戦場へは行けない、ということだ。どうしても。

川の冷たい水はマシューズを誘惑《ゆうわく》し、なぐさめるかのようにきらめいている。マシューズはいつしか水とその輝《かがや》きに引《ひ》き寄《よ》せられ、どこまでもどこまでも落ちていった……。

テムズ川の水は氷のように冷たい。マシューズは体を打ちつけて、ようやく正気に戻《もど》った。

だが、やみくもに両腕《りょううで》をふりまわしても、汚《よご》れた水を飲むばかりだ。

ロバートとルーシーの母さん、ヘレン・エドワーズは、そのとき船上病院で勤務《きんむ》していた。ヘレンは川に落ちる人影《ひとかげ》を見て、あわてて救命浮輪《うきわ》を投げた。ヘレンに続いてふたり、甲板《かんぱん》に駆《か》けつけた。目の前で人が落ちたなんて、まだ信じられない。

「それにつかまって!」救命浮輪《うきわ》が投げられると同時にだれかが叫《さけ》んだ。

その瞬間《しゅんかん》、マシューズは気がついた。

死にたくない! こんな風に死ぬなんてごめんだ。

そして、溺《おぼ》れる者は藁《わら》をもつかむという言葉のとおり、死《し》にもの狂《ぐる》いで浮輪《うきわ》にしがみつき、ロープで船に引《ひ》き寄《よ》せられた。体が甲板《かんぱん》に引きあげられ、すぐに毛布《もうふ》でくるまれた。

「ちょうど船が通りかかって、運がよかったわ」母親のようなやさしい雰囲気《ふんいき》の看護婦《かんごふ》が言った。ヘレンだ。「でなきゃ――たいへんなことになっていたかもしれないもの」

毛布《もうふ》のなかで、マシューズは身震《みぶる》いした。自殺未遂《みすい》は犯罪《はんざい》だ。刑務所《けいむしょ》に送られるか、よくて罰金刑《ばっきんけい》。

マシューズは、渡《わた》してもらったホットチョコレートをありがたくすすった。温《あたた》かい飲み物は体を内側から温《あたた》めてくれた。

「雨の日の橋は、とてもすべりやすいのよ」ヘレンが、事情《じじょう》はわかっている、というようにやさしく言った。

まったくだ、マシューズは深くうなずいた。

婦長《ふちょう》が体温計を持ってきた。「口を大きく開けて」

マシューズは体温計を口に入れたまま、もごもごたずねた。「ここはどこですか？」

「船上病院よ」とヘレンが答えた。「まだ少ないから、珍《めずら》しいでしょう」

「まるで天使の船みたいです」マシューズが言うと、みんながにっこりほほえんだ。そのうちのひとりが笑った。

「みなさまに喜んでいただけるよう、努力いたしますわ」

「その前に、あなたが落ちるところをエドワーズ看護婦《かんごふ》が見ていたことを神に感謝《かんしゃ》なさい」婦《ふ》長《ちょう》が体温計をマシューズの口からはずして目盛《めも》りを読んだ。「テムズ川で泳ごうとして助かる人は、そう多くないのよ」

マシューズは看護婦《かんごふ》たちの顔を見回した。この人たちがいなかったら……自分がどうなっていたのか、考える勇気はなかった。

ベッドに寝《ね》かされたマシューズは、自分がこの船上病院の患者《かんじゃ》第一号だと聞かされた。

「ヒトラーさんがやりたい放題やったら、もっと大勢《おおぜい》の患者《かんじゃ》が来るでしょうけど」

マシューズは目を閉《と》じて、船のエンジン音を聞きながら眠《ねむ》りについた。もう一週間以上、まともに寝《ね》ていなかったのだ。
でもその夜は、悪夢《あくむ》に悩《なや》まされることもなくぐっすり眠《ねむ》った。

第九章　列車に乗って

ロンドン橋を渡《わた》って、南ロンドンに入ったバスターとローズとタイガーは、さびれた暗い通りをぐるぐる歩きまわって寝場所《ねばしょ》を探《さが》したが、なかなか見つけられなかった。夜の町をうろつく猫《ねこ》たちに出くわしたとき、茶色い雄《おす》がタイガーにケンカを挑《いど》んできたが、すぐにしっぽを巻《ま》いて逃《に》げていった。

うってつけの寝場所《ねばしょ》だと思った倉庫の庭では歯をむいた番犬にほえたてられ、墓場《はかば》で眠《ねむ》ろうとすれば宿なしに空《あ》き瓶《びん》を投げつけられて、三匹《びき》はまだまだ歩き続けなければならなかった。しばらくして鉄道の線路にぶつかると、三匹《びき》はまるで線路に沿ってパンくずがまいてでもあるかのように、その上をたどっていった。疲《つか》れきって方向を考えられなくなっていたのだ。ずぶ濡《ぬ》れになった三匹《びき》は、寒さに震《ふる》えていた。傷《きず》ついた足が痛《いた》む。一刻《いっこく》も早く乾《かわ》いた寝場所《ねばしょ》を探《さが》さなければ。

レディウェル駅でドアが開いている車両を見つけた三匹《びき》は、だれも乗っていないコンパートトメントのなかへ忍《しの》びこんだ。タイガーは、最後の力をふりしぼって、頭上の荷物棚《にもつだな》に飛び乗った。バスターとローズは床《ゆか》に寝《ね》そべった。座席《ざせき》のほうが心地よさそうだったが、飛び乗る力もなかった。

翌朝《よくあさ》三匹《びき》は、かんだかい汽笛の音とガタンという衝撃《しょうげき》で目を覚ました。ローズはそのままじっとしていた。タイガーは、荷物棚《にもつだな》の網《あみ》に足がからまり、はずそうとしたがうまくいかなかったので、その場にいすわった。バスターはしっぽをふりながらドアへ向かった。だが、昨晩《さくばん》忍《しの》びこんだときに開いていた、コンパートメントのドアが、いまは閉《と》じている。そのドアが突然《とつぜん》開き、バスターはあとずさりしたが、隠《かく》れる時間はなかった。ローズは体をかたくしてうなり声をあげた。

客車へ入ってきたのは、真新しい軍服に身を包んだ若《わか》い航空兵だった。入り口の正面にすわっているバスターに気づき、「やあ!」と、陽気な声で挨拶《あいさつ》して、後ろ手にドアを閉《と》じた。航空兵はローズを見て目を丸くし、棚《たな》に手荷物を置こうとしてタイガーに気づくと、もっと真ん丸くした。

タイガーの鳴き声に航空隊《こうくうたい》の士官候補生《こうほせい》ジョー・ローソンは、猫《ねこ》が荷物棚《にもつだな》にはまって身動きできなくなっていることに気づいた。網《あみ》から足をはずしてもらうと、タイガーはあっという間に棚《たな》から飛び下りて居心地《いごこち》のよい座席《ざせき》に飛び乗り、助けてくれた航空兵にニャーと挨拶《あいさつ》をした。

「かわいいやつだ、しかも自分でも、かわいいってわかってるんだな」ジョーは笑って猫《ねこ》をなでた。タイガーは喉《のど》をゴロゴロいわせた。なでてもらうのはずいぶんひさしぶりのような気がする。「ちょっと見せてごらん」ジョーはタイガーの足の切《き》り傷《きず》に気がついた。運よく背嚢《はいのう》（背中に背負う形のカバン）に救急セットが入っている。

ジョーが薬を取りだそうとしたとき、コンパートメントのドアをノックする音が聞こえた。バスターが入口へ駆《か》け寄《よ》ったが、ジョーはあわててその前に割《わ》りこむと、ドアが全部開いてなかが見えてしまわないように押《お》さえて立った。

「おはようございます、士官殿《しかんどの》」赤ら顔の車掌《しゃしょう》が、ジョーの軍服を見て挨拶《あいさつ》した。

「おはようございます」とこたえたジョーの心臓《しんぞう》は、早鐘《はやがね》のように鳴っていた。ジョーは車《しゃ》掌《しょう》の目をまっすぐ見ながら、どうか下を見ないでくれと願った。見れば、ジョーの足のあいだから頭を出そうとするバスターが見つかってしまう。

「なにかご入り用のものはありませんか？」

「いいえ、快適《かいてき》です。どうもありがとう――」

「車掌《しゃしょう》！」通路の向こうからえらそうな声がした。「車掌《しゃしょう》はいるか！」

「それはなによりです、士官殿《しかんどの》」車掌《しゃしょう》はそう言うと、声の呼《よ》ぶほうへ急いだ。

ジョーはフーッと息を吐《は》いてドアを閉《し》めると、タイガーとローズのほうをふり返った。足もとのバスターはしっぽをふりながら片耳《かたみみ》をぴんと立て、もう片方《かたほう》の耳はぺたんと寝《ね》かせて首をかしげている。

「危《あぶ》ないところだったな」

その言葉にうなずくように、ローズはしっぽで床《ゆか》を打ち、バスターは後ろ足で立つとジョーの両脚《りょうあし》に前足を預《あず》けた。二匹《ひき》は、そろってしっぽをふっている。

「さーてと、だれかサンドイッチ食べるのを手伝ってくれないかな？　母さんときたら、いつも大隊一個分《こぶん》は作るんだよ」ジョーはキャンバス地の背嚢《はいのう》の口を開けた。「『次はいつごはんにありつけるかわからないでしょ』ってさ」

動物たちは大喜びでジョーからサンドイッチをもらい、ロンドンからケント州（ロンドンの南東にある州）までの旅を心から楽しんだ。蒸気《じょうき》機関車に乗るのはローズが二度目、バスターとタイガーにとってははじめてだった。

＊＊＊

デヴォン州のロバートとルーシーは、両親とペットたちがいないことをひどくさびしいと思いながらも、フォスターさんの農場での生活にすぐ慣《な》れた。ルーシーはペットたちのようすを知りたくて、エルシーに手紙を書くことにした。

エルシー様

お変わりありませんか？　ロバートとわたしはデヴォンで元気にやっています。ローズとバスターとタイガーはいい子にしていますか？　タイガーは羽根で遊ぶのが大好きです。キジの羽根を一枚同封《まいどうふう》しますので、遊ばせてやってくれませんか？　どんなことでもかまいませんので、ペットたちのようすを聞かせていただけるとうれしいです。

よろしくお願いします。

ルーシー・エドワーズ

ルーシーはキジの長い尾羽根《おばね》を封筒《ふうとう》に入れて、封《ふう》をした。

寝室《しんしつ》の壁《かべ》は、タイガーとローズとバスターを描《か》いた絵で半分は埋《う》まっていた。猫《ねこ》のほうが犬よりも描《か》きやすいので、タイガーの絵はほかの二匹《ひき》より多いし、上手だった。本当はもっとたくさん描《か》きたいけれど、紙がなくなったら困《こま》る。

「まあ、たくさん描《か》いたこと」フォスターさんの奥《おく》さんが、洗《あら》った洗濯物《せんたくもの》を手に、ルーシーの部屋へ入ってきた。

ルーシーは絵を指さして教えた。

「猫《ねこ》がタイガーで、こっちの犬がバスターです」

「なんだかいたずらっ子みたいね」と奥《おく》さんが言った。

「そうなんです！」ルーシーは笑って、うなずいた。「そしてこっちが――」

「ローズでしょ」と奥《おく》さんが答えた。「ローズのことは、子犬のころから知ってるわ。この近くのムーアヴェイル牧場で生まれたのよ。はじめて見たときは生まれてほんの二週間くらいだったんじゃないかしら。まだ目も開いてなかった」

「ローズが子犬だったころのこと、もっと教えてください」ルーシーはせがんだ。

「そうね、かわいかったわよ。賢《かしこ》いし、好奇心《こうきしん》も強くてね。生まれて七週間くらいのある日、ローズの姿《すがた》が見えなくなったことがあるの。ムーアヴェイル牧場では、迷子《まいご》になったと思ってすみからすみまで捜《さが》しまわった。そうしたら、牧場で手をかけて世話していた子羊の横に丸まって寝《ね》てたのよ」

ルーシーはにこっと笑った。

「そうそう――」奥《おく》さんは思い出し笑いをした。「お手のしかたがとってもかわいくてね、なにか大切な儀式《ぎしき》でもするみたいに、ゆっくり手をあげるの。みんながローズと『握手《あくしゅ》』したがってたわ。ふつうの犬だと『お手』は一瞬《いっしゅん》なのに、ローズはちがった」

ルーシーはローズとまた握手《あくしゅ》をするのが、待ち切れなかった。

「知ってるかもしれないけど、本当はうちがローズをもらいたかったのよ。生まれて八週間たつころには、もう特別な子だとはっきりわかってたしね。それにわたし、ローズのこと大好きになっちゃって。うちへ連れてくるのを楽しみにしてた。

ところがある朝、『ローズをください』と言いにムーアヴェイル牧場へ行ったら、もういなかったの。あなたのおじいちゃんにもらわれていたのね。でもわたしにとって、ローズはいまでも特別なのよ」

＊　＊　＊

「セブンオークス駅、まもなくセブンオークス駅に到着《とうちゃく》します」案内が流れ、汽車は速度を落として停車した。

「ぼくの降《お》りる駅だ」ジョーはそう言って背嚢《はいのう》を手に持った。動物たちを連れていきたいが、空軍基地《きち》には三匹《びき》のペットを飼《か》う場所などない。

ジョーはコンパートメントを出ると、ドアをしっかり閉《し》めた。バスターはクーンと鼻を鳴らしながらドアの前まで行き、前足でドアをさわった。

「よい一日を、士官殿《しかんどの》」車掌《しゃしょう》が汽車を降《お》りたジョーに言った。

バスターはしゃがみこんでドアをじっと見つめた。首をかしげて、ジョーが戻《もど》ってくるのを待っている。

汽笛が鳴って汽車が駅を出ようとしたとき、コンパートメントのドアがもう一度開いた。

バスターは飛びあがってしっぽをふったが、ジョーが戻《もど》ってきたわけではなかった。乗ってきた女の人はあいにく動物嫌《ぎら》いで、いきなり大きな悲鳴をあげた。それを聞いて車掌《しゃしょう》が駆《か》けつけた。

「なんだこれは……！」

車掌《しゃしょう》は動物たちをつかまえようとしたが、三匹《びき》は先を争って逃《に》げだした。通路を走っていくと車内は大騒《おおさわ》ぎになった。驚《おどろ》く乗客をかわして逃《に》げる三匹《びき》のすぐ後ろを、車掌《しゃしょう》がぴったり追いかけてくる。

ついに三匹《びき》は、汽車の最後尾《さいこうび》のドアのところへ追《お》い詰《つ》められた。

「もう逃《に》げられんぞ！」と車掌《しゃしょう》が息を切らしながら言った。

車掌《しゃしょう》がバスターの首輪をつかもうとした瞬間《しゅんかん》、遅《おく》れてきた乗客が外から客車のドアを開けた。バスターはその客をかわして汽車から飛《と》び降《お》りた。車掌《しゃしょう》は、今度はタイガーのしっぽをつかもうとしたけれど、猫《ねこ》のしっぽはウナギのようにすべりやすく、ちょっとやそっとではつかめない。

一方ローズは、車掌《しゃしょう》がタイガーのしっぽをつかもうと苦労しているすきに、こっそり車両を降《お》りた。

「ギャーッ！　このけだもの、ひっかきやがった」車掌《しゃしょう》が叫《さけ》んでいるあいだに、タイガーも仲間のあとを追って汽車から飛《と》び降《お》りた。

そのとき、車掌《しゃしょう》の悲鳴を聞きつけた石炭係が、大きな石炭をタイガー目がけて投げつけた。石炭は見事命中、タイガーよりも投げた本人が驚《おどろ》いて叫《さけ》んだ。「やったぞ！」

石炭が背中《せなか》にまともにあたり、タイガーは悲鳴をあげて倒《たお》れた。けれど、次の瞬間《しゅんかん》にははね起き、ほかの二匹《ひき》を追って駆《か》けだした。三匹《びき》はすっかりおびえて、駅から離《はな》れようとものすごい勢《いきお》いで走り続けた。

日が暮《く》れるころ三匹《びき》は森にさしかかり、小川のほとりでようやく足を止めて水を飲んだ。夜になるとタイガーは木に登って丸くなり、二匹《ひき》の犬はその木の根元で横になった。三匹《びき》とも、はじめのうちは夜の森に響《ひび》く物音が気になってなかなか寝《ね》つけなかった。農場育ちのローズでさえ、森のなかで夜を過《す》ごしたことはなかった。かんだかいフクロウの声、キツネの雄叫《おたけ》び、ゴソゴソ通《とお》り過《す》ぎていくアナグマ――どの音も怖《こわ》くてたまらない。けれども森の動物たちがそれ以上近づいてくることはなく、三匹《びき》はいつしかぐっすり眠《ねむ》っていた。

翌朝《よくあさ》、森は薄紅色《うすべにいろ》の美しい朝焼けとともに霧《きり》に包まれた。タイガーは目を覚ますと木の上で伸《の》びをし、すぐ上に鳥の巣があることに気がついた。ちょうど朝ごはんの時間だ。昨日石炭をぶつけられた背中《せなか》はまだ痛《いた》んだが、タイガーは音もなくひとつ上の枝《えだ》に登ってようすをうかがった。

ところがあと少しで巣に届《とど》くというところで、母ガラスが戻《もど》ってきた。カラスはけたたましく鳴いて、威嚇《いかく》しながら飛びかかってきた。タイガーに前足で追いはらわれて一旦《いったん》は高い枝《えだ》へ飛び去ったが、卵《たまご》を守ろうと、もう一度鳴きながらタイガー目がけて飛んできた。タイガーが前足をふりまわしながら、卵《たまご》へ顔を寄《よ》せると、母ガラスは捨《す》て身《み》の急降下《きゅうこうか》をしかける。

さらに、母ガラスの鳴き声を聞きつけて戻《もど》ってきた父ガラスも加わり、今度は二羽で急降《きゅうこう》下《か》してきた。さすがのタイガーもそれにはひるんだ。しかし、カラスとタイガーが争っているあいだに、肝心《かんじん》の巣が枝《えだ》からはずれて地面に落ちた。そして卵《たまご》は、二匹《ひき》の犬がひと飲みにしてしまった。

次にタイガーは木の上からウサギを見つけると、駆《か》け下《お》りて森のなかを追いかけた。けれどもウサギは巣穴《すあな》へ消えてしまった。

がっかりしたタイガーはこそこそバスターとローズのもとへ戻《もど》ったが、お腹《なか》はすいているし、背中《せなか》は痛《いた》い。

食べ物を見つけるのは、なんとも手のかかる大仕事だ。それは三匹《びき》とも、経験《けいけん》したことのない事態《じたい》だった。

＊　＊　＊

あまりにも大勢《おおぜい》の子どもが小さな村へ疎開《そかい》してきたため、村の学校は完全に定員を越《こ》えてしまった。机《つくえ》どころか教科書もなく、紙と鉛筆《えんぴつ》までたりない。最後の手段《しゅだん》で古めかしい石板と石筆を使おうとしたが、それさえ不足するありさまだ。けっきょく生徒の半分は午前、残りの半分が午後に学校へ行くことになった。

ルーシーは疎開組《そかいぐみ》と同じ時間に学校へ行くことになり、クラスにあの意地悪な女の子がいるのを見て、がっかりした。教会で別れたとき、もう会うこともないだろうとほっとしたのに、そううまくはいかない。

新しいクラスでは、ルーシー以外の全員が南ロンドンの同じ学校から来ており、顔なじみで、仲よしグループがすでにできあがっていた。

クラスメートに珍《めずら》しそうにじろじろ見られたルーシーは、自分だけひとりぼっちのように感じていた。友だちがいないことなど気にしないそぶりをしてはみても、気にならないはずがない。ルーシーは、どうしようもなくさびしかった。

担任《たんにん》はハバード先生だ。

「たしか、ルーシーっていったわね？」はじめて学校へ行った日、先生が言った。

ルーシーはうなずいた。

「あそこにおすわりなさい」ハバード先生は、鼻をほじっている男の子の隣《となり》の、空いている席を指さした。

ルーシーはクラス全員に見つめられながら席へ向かった。こんなところ、いや！　もといた学校へ戻《もど》りたい。

「編《あ》み針《ばり》を出しなさい。今日は空軍の兵隊さんに、みんなでマフラーと手袋《てぶくろ》を編《あ》みます」とハバード先生が言った。

配られた灰色《はいいろ》の毛糸を編《あ》み針《ばり》にひっかけながら、ルーシーはつい、タイガーがいたら毛糸で遊びたがるだろうな、と思った。編《あ》み物《もの》の上に、涙《なみだ》がひと粒《つぶ》こぼれてしまった。

「やだ、こいつ、泣いてんじゃない？」意地悪な女の子が後ろの席からルーシーの背中《せなか》を小突《こづ》いてきた。

「別に……」ルーシーは精《せい》いっぱい関わらないようにしたが、無視《むし》するのはなかなかむずかしかった。

休憩《きゅうけい》時間になると、その子がすれちがいざまにわざとぶつかってきて、ルーシーは危《あぶ》なく転びそうになった。鐘《かね》が鳴って校舎《こうしゃ》へ入ろうと並《なら》んでいるときも、ルーシーの後ろに立って髪《かみ》を引っぱる。

ルーシーはこぶしを握《にぎ》りしめた。問題を起こしてはいけないとわかっている。でも、がまんしても、やり返せないのはやはり辛《つら》い。そこでルーシーはふり返るとその子をにらみつけた。けれど相手は怖《こわ》がりもせず、顔をしかめて見せただけだ。

教室へ戻《もど》ると、ルーシーは声に出さずに祈《いの》った。どうか、早く家へ帰れますように。

第十章　チャートウェル・ハウス

その大きなお屋敷《やしき》の窓《まど》のすきまからは、タイガーのようにお腹《なか》をすかせた猫《ねこ》はもちろん、どんな猫《ねこ》でもけっして通りすぎることのできない、よだれが出るほどおいしそうなにおいが漂《ただよ》ってきた。

タイガーは窓枠《まどわく》に飛び乗ってしっぽをひくひくさせながら、キッチンの窓《まど》からなかをのぞいた。ローズとバスターも窓《まど》の下にすわってにおいを嗅《か》いでいた。窓枠《まどわく》は高すぎて犬には飛び乗れないが、それでも、おいしそうなにおいにそそられる。ローズのお腹《なか》が鳴り、バスターの口もとからは、よだれがひと筋《すじ》地面にたれた。

釣《つ》れたてのサーモンを料理するにおいだ。タイガーは窓枠《まどわく》にすわりこんで、サーモンがほしい、とものほしげに鳴いた。すると突然《とつぜん》、ガラスの向こうに鋭《するど》い青い目をした禿《は》げ頭《あたま》の男が現《あらわ》れ、タイガーをしげしげと見つめた。

「おいで、ハンサムくん」男の人はタイガーを呼《よ》ぶと、白い格子窓《こうしまど》を大きく押《お》しあげた。

タイガーは、この前出くわした人間から石炭を投げつけられたことを忘《わす》れてはいなかったが、不思議なことに、この人間はちがう、大の猫好《ねこず》きだとすぐにわかった。

男の人がずんぐりした指でなでてくれた瞬間《しゅんかん》、ここ数日の辛《つら》いことが跡形《あとかた》もなく消え失せた。タイガーは、男の人の手のひらにあごをこすりつけると、喉《のど》をゴロゴロいわせた。

「まあウィンストン、もう猫《ねこ》はたくさんよ！」家のなかから女の人の声がした。

タイガーは体をかたくしたが、ウィンストンと呼《よ》ばれた男は、かまわずにタイガーをなでながら言った。「見てごらん、ハンサムだろう。サーモンを少し持ってきてくれ。腹《はら》をすかせているらしい」

すると間もなく、温《あたた》かいサーモンを載《の》せた小皿が窓枠《まどわく》に置かれた。

「さあ、おあがり」ウィンストンが言った。

タイガーはすすめられるまでもなく、ご馳走《ちそう》にかじりつき、サーモンはあっという間に消えてなくなった。タイガーは首をかしげてウィンストンを見つめ、もっとおくれ、とひと鳴きした。

ウィンストンは笑った。「サーモンをおかわりだ。急いでくれよ」

サーモンと、気持ちよくなでてくれる手――タイガーは天にものぼる心地だった。

「窓《まど》を閉《し》めてくださいな。キッチンにハエが入るわ」さっきの声が聞こえた。

ウィンストンはタイガーを抱《だ》きあげて家のなかへ入れると、後ろ手に窓《まど》を閉《し》めた。

窓《まど》の外ではバスターががっかりして鼻を鳴らしたが、ウィンストンは気づかなかった。

キッチンではタイガーがふた皿目のサーモンを平らげた。もうお腹《なか》いっぱいだ。

「猫《ねこ》くん、おいで」タイガーは、ずんぐりした体格《たいかく》のウィンストンのあとに続いて廊下《ろうか》へ出た。

廊下《ろうか》ですれちがうみんなが、足を止めてタイガーをほめた。

「立派《りっぱ》な猫《ねこ》ですね、チャーチル（一八七四～一九六五年。英国の政治家。一九四〇年に首相になる）さん」

ウィンストンはうなずいた。

「そのとおり、立派《りっぱ》な猫《ねこ》だろう。キッチンの窓《まど》にやってきて、なかへ入れろと言ったんだ」

ウィンストンは、革《かわ》と葉巻《はまき》の煙《けむり》のにおいがする部屋のドアを開けた。タイガーも、続いて部屋のなかへ入っていった。

ウィンストンは机《つくえ》の前にすわると大きな葉巻《はまき》に火をつけ、机《つくえ》の上に置かれた書類を読み始めた。

「さて、世界でなにが起きているか見るとしよう」

タイガーも仕事につきあおうと机《つくえ》の上に飛び乗ったが、ウィンストンは少しも気にしない。

「そういえば、おまえさんをなんと呼《よ》ぼう？」ウィンストンはタイガーにたずねた。

「おまえは本当にいい猫《ねこ》だ。もう少し太ったほうがいいが。そうだ、ジョックという名前はどうだ？」

ウィンストンが耳の後ろをかいてやると、タイガーは賛成《さんせい》、と言うように喉《のど》をゴロゴロいわせた。

「よし、ジョックに決まりだ」

タイガーはその手に頭を押《お》しつけ、ウィンストンはねだられるままに、また耳をかいてやった。

しばらくすると、ウィンストンは机《つくえ》を離《はな》れて革《かわ》の肘《ひじ》かけ椅子《いす》に腰《こし》かけ、ひざをたたいてタイガーを呼《よ》んだ。タイガーはひざに飛び乗るとすわり心地のよい姿勢《しせい》を見つけて、すぐに眠《ねむ》ってしまった。

「いい子だ、ジョック」書類に目を通しながら、ウィンストンは寝《ね》ているタイガーに言った。

「ゆっくり寝《ね》なさい」

満腹《まんぷく》のタイガーは、暖《あたた》かい家のなかで、すっかり安心してぐっすりと眠《ねむ》り続《つづ》けた。

キッチンの窓《まど》の外では、ローズとバスターがタイガーの帰りを待っていた。けれど、いつになっても戻《もど》らず、窓《まど》も閉まったままだ。そこで二匹《ひき》は、お屋敷《やしき》の広い庭を探検《たんけん》することにした。

バスターが池を見つけて近づき、ローズもあとに続いた。浅い池にはハスの葉が浮《う》かび、大きな飛び石が並《なら》んでいた。そしてなにより ありがたいことには、朱《しゅ》や白や薄紅色《うすべにいろ》の体に黒い斑点《はんてん》のある大きな魚がうようよいる。鯉《こい》だ。サーモン料理がもらえないなら、自力で魚をつかまえるまでだ。

二匹《ひき》はだれもいないことをたしかめると、飛び石を渡《わた》って池の真んなかへ行き、すべるように水のなかへ入った。それから協力して鯉《こい》を池のすみへ追いやり、一匹《ぴき》を岸へ引きあげた。

庭に女の人がやってきて、鳥のエサに、残飯のパンやケーキのくずやベーコンの切《き》れ端《はし》をまいた。もしも池のほうに目を向けていれば、二匹《ひき》の犬と魚の残骸《ざんがい》が見つかったはずだ。けれども運のいいことに、女の人はそちらを見ずに行ってしまい、バスターとローズは、ちゃっかり鳥のエサもご馳走《ちそう》になった。

食事がすむと、バスターは地面に落ちていたロープの切《き》れ端《はし》を見つけた。片端《かたはし》をくわえると、興奮《こうふん》してうなり声をあげながら、バラの咲《さ》く庭でローズと綱引《つなひ》きを始めた。

日が沈《しず》んで寒くなり、家に明かりがともった。二匹《ひき》の犬はうっとりと明かりを見つめたが、近づこうとはしなかった。

そして物置の壊《こわ》れたドアからなかへ入ると、古い道具がしまってある乾《かわ》いた暖《あたた》かい小屋で一夜を明かした。

海軍大臣のウィンストン・チャーチルは、私邸《してい》チャートウェル・ハウス（ケント州ウェスターハムにある、ウィンストン・チャーチルが一九二四年から六五年まで過ごした家）で毎日規則正《きそくただ》しい時間割《じかんわり》にしたがって暮《く》らしていた。タイガーもその時間《じかん》割《わり》が気に入り、何日か過《す》ごすうちに、まるでずっとここで暮《く》らしてきたかのようになじんだ。ウィンストンは、毎朝七時半に起きてベッドで朝ごはんを食べる。タイガーも同じ時間にベッドで目を覚まし、銀のトレーに用意されたサーモンを食べるのだ。

食事をすませたタイガーが、もう一度ベッドで丸くなりしばらく寝《ね》ているあいだに、ウィンストンはベッドにすわって郵便物《ゆうびんぶつ》や新聞に目を通し、タイガーをなでながら秘書《ひしょ》たちに口述《こうじゅつ》筆記をする。

十一時になると、タイガーは家の外へ出て庭をひとまわりするが、三十分もすればウィンストンが捜《さが》しにくるので、のんびりはできなかった。

「ジョック、ジョック、どこにいる？」

するとタイガーはウィンストンに駆《か》け寄《よ》って、いっしょに庭を散歩した。「バラがいいにおいだ、天国の香《かお》りだな。ジョック、生きてることがありがたく思えてこないか」

ウィンストンは池へ来ると顔をしかめた。

「妙《みょう》だな、鯉《こい》の数が少ないぞ」

その夜タイガーはウィンストンとともに晩餐会《ばんさんかい》に出席し、レバーをもらった。ジョックと呼《よ》ばれることにもすっかり慣《な》れた。正装《せいそう》したお客たちはタイガーをほめたたえた。

「なんとも立派《りっぱ》な猫《ねこ》ですな。なんでも、ある日突然《とつぜん》現《あらわ》れたとか?」

「そのとおり。いつのまにか現れてな。まるで鬼火《おにび》のようだ」

けれども数日後、タイガーはまさに鬼火《おにび》のように、いつのまにか姿《すがた》を消した。

第十一章　農場の生活

ロバートやルーシーとちがって、チャーリーはフォスターさんの農場での生活になかなか慣《な》れずにいた。どういうわけか、レッド・ルビー牛がすきさえあれば自分を食べようとしている、と思いこんでしまったのだ。

「あの牛、腹《はら》ペコって顔してるんだもん」とチャーリーはルーシーに何度もうったえた。

ルーシーは、そんなことはない、農場の動物たちはみんなちゃんとエサをもらっているから、と言いきかせたし、牛は草しか食べないのよ、とも言った。

もう十回も説明している。それでもチャーリーは安心できずにいた。もしも草を食べるのに飽《あ》きて、今度は男の子を食べてみたいな、なんて思ったら……。

チャーリーには、牛は小さな男の子のひとりやふたりくらい、朝ごはんにぺろりと食べてしまいそうに見える。しかも、おっぱいから牛乳《ぎゅうにゅう》を出す！　牛乳《ぎゅうにゅう》をしぼるところをはじめて見たチャーリーは、ひどくびっくりした。牛の体から出てくるなんて！　それからチャーリーは牛乳《ぎゅうにゅう》を飲むのをきっぱりやめて、朝ごはんのときも、フォスターさんの奥《おく》さんに水をください、と言うようになった。

こんなふうにロバートやルーシーよりもはるかに手がかかるため、フォスターさんと奥《おく》さんは一度ならず、チャーリーを預《あず》からなければよかった、と思わずにはいられなかった。けれどもあの日、ルーシーに頼《たの》まれて、かわいそうなチャーリーを放っておけなかったのだ。

チャーリーが十回目におねしょをしたときには、いつもはやさしい奥《おく》さんも、とうとうきつくしかりかけた。けれども胸《むね》がはりさけそうに泣いている姿《すがた》を見て、思わずたずねた。

「どうしたの、チャーリー？　なんでそんなに泣いてるの？」

チャーリーは、顔じゅうを鼻水と涙《なみだ》でぐしゃぐしゃにしていた。おまけにきたない手で涙《なみだ》をぬぐうから、顔じゅうがいっそう薄汚《うすよご》れてしまった。これほどきたない子は見たことがない。

「どこか痛《いた》いの？」と奥《おく》さんがきいた。

チャーリーは首を横にふった。泣きじゃくっているせいで、言葉が出ない。なにか言おうとするたびに、ヒックヒックとしゃくりあげてしまう。

チャーリーが少し落ち着いたところで、奥《おく》さんはもう一度たずねた。

「どうしちゃったの？」

「……ぼく……ぼく……ヒック」

「なあに？」

「……ママに会いたい」そう言った瞬間《しゅんかん》、チャーリーの目からもう一度涙《なみだ》があふれでた。奥《おく》さんはびしょ濡《ぬ》れの小さな顔をぎゅっと胸《むね》に押《お》しつけるように抱《だ》き寄《よ》せた。そして背中《せなか》をとんとんたたき、気のすむだけ泣かせてやった。

チャーリーは泣きながら、ママに会えなくてさびしい、ママが自分のいるところを知らないから、迎《むか》えにこれないんじゃないか、とうったえた。「ヒトラーしゃんがせんそーやめたらおうちへ帰れるって言われたけど、ぼく、おうちがどこかわかんない。おうちに帰りたいよー」と泣いている。

すすり泣きが落ち着くと、奥《おく》さんはひとつひとつ、チャーリーの心配ごとを解決《かいけつ》してあげた。

「それじゃお母さんにお手紙を書いて、どこにいるか教えてあげましょうよ」

「ぼく、字、書けないもん」チャーリーが言った。

「だったら、書きたいことを教えてちょうだい、かわりに書いてあげるから。お母さんに絵を描《か》いてあげたらきっと喜ぶわよ。それからいっしょに郵便局《ゆうびんきょく》へ行って、ロンドンへ手紙を出しましょう。それでいい？」

チャーリーはうなずくと、涙《なみだ》を浮《う》かべたままにっこり笑った。もう心配することはない。ところが次の瞬間《しゅんかん》、また泣きそうな顔になった。

「……おうちの住所、わかんない……」

「わかるわよ」と奥《おく》さんが言った。

「ほんとに？」チャーリーは驚《おどろ》いた。

「本当よ」奥《おく》さんはそう言うと、チャーリーの旅行カバンの内側に書かれている名前と住所を指さした。

ところがチャーリーは、それを見ても顔をしかめたままだ。

「チャーリー、自分の名前は読める？」奥《おく》さんがたずねた。

チャーリーは首を横にふった。

そこで奥《おく》さんは、これから毎日チャーリーといっしょに机《つくえ》に向かい、読み方を教えることにした。「ヒトラーさんが戦争をやめて」家へ帰るまでに、せめて自分の名前を読んだり書いたりできるようにしてやろう。


翌日《よくじつ》ロバートとルーシーがおばあちゃんの家を訪《たず》ねるときには、チャーリーもついてきた。

おばあちゃんは、また庭にいた。

「こんにちは、ぼく、チャーリー・ウィルクスです」チャーリーは半ズボンで右手をぬぐい、握手《あくしゅ》をしようと礼儀《れいぎ》正《ただ》しくさしだした。

「そうかい」おばあちゃんは、返事はしたものの、その手を握《にぎ》り返《かえ》しはしなかった。「孫がふたりそろって、わざわざこんなばあさんのところに来るなんて、今日はまた、どうした風の吹《ふ》きまわしだい？」

そしてスコップを手に取ると、前に掘《ほ》った穴《あな》の一メートルほど脇《わき》に別の穴《あな》を掘《ほ》り始《はじ》めた。

「考えたんだけど、ぼくたちフォスターさんのところにいたほうがいいかなと思って。そのほうがおばあちゃんに迷惑《めいわく》かけないですむし」ロバートが言った。

おばあちゃんは顔をしかめた。「あたしといたくないなら、別に――」

「おばあちゃん、そうじゃないの」なんとか機嫌《きげん》を直してもらおうと、ルーシーがあわてて言った。「よければ、毎日でも会いにくるから」

けれどもおばあちゃんは、それも気に入らない。「こっちは忙《いそが》しいんだから、あんたたちにしょっちゅう、うろうろされるのはごめんだね」

チャーリーは、そんなおばあちゃんのようすを見て、「なにをしても気に入らない人はいるものよ」とお母さんが言っていたのを思い出し、思わず笑ってしまった。

チャーリーがたずねた。

「穴《あな》を掘《ほ》るのに忙《いそが》しいの？」

ロバートはチャーリーに、黙《だま》ってろとめくばせして言った。

「ぼくらも手伝うよ」

「週に一度なら来てもいいよ。日曜日、教会のあとで。それで十分だろう。ただしお昼の用意はしないからね。午後に来ること」

「ぼくも来なきゃだめ?」チャーリーがおばあちゃんにたずねた。来なくていいと言ってくれるといいな、と思っていたけど、どうしても来いって言われるのかな……。

おばあちゃんはチャーリーをじろりとにらみ返した。来なくていい、という意味だ。おばあちゃんのきらきら光る鳥のような目が苦手なチャーリーは、にこにこしそうになるのを懸命《けんめい》にこらえた。

ロバートとふたりだけになると、ルーシーが言いだした。

「おばあちゃん、なんだか別人になっちゃったみたい。昔はおばあちゃんちへ行くのが楽しみだったのに、いまはちっとも……」

「歓迎《かんげい》されてないって感じ?」

「そう——それになんで穴《あな》なんか掘《ほ》ってるの?」

第十二章　秋の気配

三匹《びき》は、ケント州のなだらかな丘《おか》や、うっそうと木々の生《お》い茂《しげ》る谷あいを歩き続け、あたりはいつの間にか秋の気配が感じられるようになってきた。

ある日の午後遅《おそ》く、三匹《びき》がリンゴ園《えん》を歩いていると、突然《とつぜん》、放《はな》し飼《が》いのサドルバック豚《ぶた》が三匹《びき》、猛《もう》スピードでこちらへ向かってきた。真っ黒で、胸《むね》のまわりだけたすきをかけたように白い。

タイガーはあわてて近くのリンゴの木の枝《えだ》に登って、豚《ぶた》をフーッと威嚇《いかく》し、前足でひっかこうとした。ローズは豚《ぶた》に囲まれて低くうなり、バスターはお腹《なか》を上に見せて転がって、降参《こうさん》のポーズをとった。

するとと豚《ぶた》の一匹《びき》が、バスターのまねをするようにお腹《なか》を上にして隣《となり》に寝転《ねころ》がった。バスターはすぐさまいっしょに遊びだし、あお向けになって足を空中でばたばたさせ、ローズもしっぽをふった。タイガーは木の上に残り、しっぽから足の先まで念入りになめて身づくろいをした。

次に豚《ぶた》たちは、かんだかい鳴き声をあげながら、追いかけっこを始めた。豚《ぶた》より速く走れるローズとバスターも、いっしょになって果樹園《かじゅえん》を駆《か》けまわった。

遊《あそ》び疲《つか》れた動物たちは、泥《どろ》の池に入ってほてった体をさました。池から出るとバスターとローズの毛先から、泥《どろ》がぽたぽたしたたり落ちた。

次に豚《ぶた》たちは、地面に落ちているリンゴを食べ始めた。バスターは、お腹《なか》をすかせてクーンと哀《あわ》れっぽく鳴いた。リンゴはあたり一面に落ちている。

ためしにひとつかじってみると、悪くない。バスターは二個目《こめ》に挑戦《ちょうせん》した。ひとつ目のリンゴはすぐになくなり、ふたつ目も問題なかったが、三つ目となると最初のふたつほどはおいしくなかった、バスターはひと口かじっただけで、フンフン鼻を鳴らしながら、夢中《むちゅう》でかぶりついている豚《ぶた》に残りをやった。

六個目《こめ》になると――実際《じっさい》のところ最後の三個《こ》はちょっとかじっただけで、豚《ぶた》が食べたほうが多かったが――、バスターはリンゴにすっかりうんざりし、腹《はら》が痛《いた》くなっていた。

しばらくすると日が沈《しず》み、ローズが早く行こうと鳴いてほかの二匹《ひき》をせかした。けれどもバスターは、リンゴを食べ過ぎたせいで具合が悪くなってしまった。

その晩《ばん》三匹《びき》は、ローズが見つけた豚《ぶた》小屋で眠《ねむ》りについた。タイガーは波状《なみじょう》のトタン板の屋根の上に陣取《じんど》った。けれども夜中に雨が降《ふ》り始《はじ》めると、小屋のなかへもぐりこみ、犬たちの横で丸くなった。

＊　＊　＊

フォスターさんの家で目を覚ますたび、ルーシーは父さんと母さんとペットたちに会えなくてさびしく感じた。両親は暇《ひま》さえあれば手紙をくれる。けれど、バスターやローズやタイガーは手紙が書けない。ルーシーは毎朝、今日こそエルシーさんから手紙が届《とど》いて、三匹《びき》のようすがわかりますように、と期待しては、がっかりしていた。

電気もガスもない農家では、オーブンに石炭をくべ、その上の丸い鉄板で料理を作る。朝ごはんをすませると、ルーシーはフォスターさんの奥《おく》さんがお弁当用《べんとうよう》に「パスティ」というミートパイを作るのを手伝った。

「パスティの作り方は、わたしのお母さんから教わったのよ」材料を用意しながら、奥《おく》さんがルーシーに言った。「お母さんはおばあちゃんから、おばあちゃんはそのまたお母さんから教わったんじゃないかしらね」

「そして今度は、わたしが教わってる」ルーシーはにこっと笑った。

「デヴォン州と、お隣《となり》のコーンウォール州は、自分のところこそがパスティの発祥地《はっしょうち》だって、ずっとケンカしてるの」奥《おく》さんはそう言いながら、バターと小麦粉と水をボウルに入れた。

地元の子と疎開《そかい》っ子みたい、とルーシーは思った。わたしとロバートはその真んなかにいる。

ルーシーにとって学校は少しも楽しくないし、たぶんロバートも同じくらい辛《つら》い思いをしているはずだ。

ロバートに学校のことをしゃべらせようとしたが、口は重かった。疎開《そかい》しているのももう少しだけだとか、ここの生活も悪くない、とか言うけれど、うそをついているのがルーシーにはわかる。その朝も、田舎道《いなかみち》を学校へ向かうロバートの足取りは重く、なんともうかない表情《ひょうじょう》をしていた。

「チャーリー、まだ食べちゃだめでしょ！」

お弁当《べんとう》のパスティをかじろうとしていたチャーリーは、ルーシーに言われ、あわててカバンにしまった。

学校の門が近づくと、ルーシーがロバートにたずねた。

「今日の時間割《じかんわり》は？」

ロバートはうつろな表情《ひょうじょう》で、わからないと答えた。それを聞いたルーシーは、絶対《ぜったい》になにかあるにちがいないと確信《かくしん》した。ロンドンの学校でのロバートは、ほとんどの科目で一番を取り、毎日の時間割《じかんわり》を必ず覚えていたからだ。

ルーシーたち三人は、学校へ着くと始業時間まで運動場でいっしょにいた。ひとりきりではないのが、せめてものなぐさめだ。

けれども始業のベルが鳴ると、ロバートは「じゃあね」と言って校舎《こうしゃ》に向かった。休み時間になると、ルーシーがひそかに「意地悪ジェーン」と呼《よ》んでいるあの女の子がわざと後ろからぶつかってきた。

「いい子ぶりっ子！」

ルーシーは、ついにがまんできなくなった。「そんなんじゃないわ！」と叫《さけ》ぶと、ジェーンを押《お》し返《かえ》した。

するとジェーンはルーシーの髪《かみ》を引っぱり、足でけとばそうとする。そのうえ、顔をひっかこうとしてきた。ルーシーは腕《うで》で顔をかばいながらすばやく手を伸《の》ばし、ジェーンの顔をあとがつくほど思い切りひっかいてやった。

意地悪ジェーンが悲鳴をあげると、ロンドンの学校の校長、フェーバー先生が杖《つえ》をふりまわしながらやってきた。ルーシーはさっとジェーンから離《はな》れた。

「なんの騒《さわ》ぎだ？」先生は怖《こわ》い声でたずねた。

「なんでもありません」ふたりは低い声で答えた。

「その顔はどうした？」

「転びました」ジェーンはそう答えながら、きっとルーシーをにらみつけた。

休み時間の終わりのベルが鳴ったが、これでおしまいになるはずはない。学校が終わると意地悪ジェーンと取《と》り巻《ま》き数人が、校門のあたりをうろついていた。ルーシーは、ロバートたちといっしょに帰れて、助かったと思った。

「急いで、チャーリー！」

ルーシーにせかされ、チャーリーはどうしてそんなに急いで歩かなければならないかわからずに、ブツブツ文句《もんく》を言った。

ルーシーはフォスターさんの家へ帰りつくと、その足で草を食《は》む牛たちのところへ駆《か》けていった。農場の動物のなかで、お気に入りは牛だ。なかでもいちばん好きなのがデイジーだった。

牛はばかだと思っている人もいるが、ルーシーは、それがまちがいだということを知っていた。牛は、馬と同じくらい賢《かしこ》い。少なくともレッド・ルビー種が賢《かしこ》いのはたしかだ。――ルーシーが実際《じっさい》に知っている牛はレッド・ルビーだけだったが。

デイジーの目をのぞきこむと、デイジーのほうもこっちをよく観察しているのがわかる。ルーシーは、そんなデイジーに自然と悩《なや》みを打ち明けるようになっていた。タイガーとローズとバスターがいなくてさびしいことや、意地悪ジェーンが大嫌《だいきら》いだということも。

その日もルーシーはデイジーにぶちまけた。

「ケンカしちゃいけないのはよーくわかってる、だからずっとがまんしてきた、だけどしかたなかったの――」

「わかるよ」突然《とつぜん》ロバートの声がして、ルーシーは飛びあがるほど驚《おどろ》いた。ロバートは、デイジーをなでながら言った。「ぼくもここは嫌《きら》いだ。フェーバーに目をつけられないように気をつけてきたけど……。ルーシー、あいつはいやなやつだ、ホントにひどいんだ」

フェーバー先生はロンドンの学校では校長だった。生徒に教えていなかったのに、デヴォンでは担任《たんにん》を持っている。

「気に入らない子がいると、しつこくその子をいじめるんだ。ベンソンっていう、あんまり頭のよくない子がよく餌食《えじき》になって、答えをまちがえただけで、見せしめとして一日じゅう教室のすみに置いた椅子《いす》に、壁《かべ》のほうを向いてすわらされる。もうひとり、ハーリーも目をつけられてる。ハーリーは体育が苦手なのに、フェーバーは、集会場でロープ登りをさせて、とちゅうで上へも下へも行けなくなったハーリーを平気で放ったらかしにするんだ。だれかがなにか言おうものなら、とんでもないことになる！　一度だけ意見を言ったら、ぼくまでロープを登らされて、下りてくるな、って言われた。昼休みの前に、管理人さんがお弁当《べんとう》を食べる椅子《いす》を並《なら》べに集会場へ来てくれなかったら、あのまま何時間もぶら下がってなきゃならないところだった」

「女の子は？」とルーシーがたずねた。「フェーバー先生は女の子もいじめるの？」

「男子ほどじゃない。だけど何人か、目をつけられてる子はいるよ。ルーシーがフェーバーを見るのは、休み時間の運動場でだけだろ？　そこでもいやなやつだけど、教室のドアが閉《し》まるとやりたい放題、まるで子どもを傷《きず》つけるのを楽しんでるみたいだ。ロンドンのスロガート先生が天使みたいに思えてくるよ」

「どうしたらいい？」ルーシーがたずねた。

「おとなしくしてることだな」

ルーシーはうなずいた。

「問題を起こさないって、父さんに約束しただろ？」ロバートの言葉に、ルーシーはようやく笑った。

「心配ないよ、すぐに戦争が終わってロンドンへ帰れるから」

「だけど戦争はほんとに……すぐ終わる？」ルーシーは不安だった。「エルシーさんにもう二度も手紙を出したのに、タイガーたちのことをひと言も知らせてくれないの」

「大丈夫《だいじょうぶ》に決まってるよ」そう答えながら、ロバートも実は自信がなかった。マイケルからの手紙にも、三匹《びき》のことはなにも書かれていなかったから。

＊　＊　＊

まだ子どもなので〈ナルパック〉の正式メンバーにはなれないマイケルは、〈ナルパック〉

の講習会場《こうしゅうかいじょう》の裏方《うらかた》としてお茶の支度《したく》を手伝いながら、傷《きず》ついた動物への応急処置《おうきゅうしょち》を教える獣医《じゅうい》の話を聞いていた。

「傷《きず》ついたペットはおびえたけものだということを、けっして忘《わす》れないように」獣医《じゅうい》は〈ナルパック〉のメンバーに言った。「ふだんはおとなしく臆病《おくびょう》な犬でも、痛《いた》みに苦しんでいればなにをするかわかりません。だから、つかまえるときには必ず道具を使うこと」獣医《じゅうい》は先端《せんたん》に縄《なわ》の輪がついた長い棒《ぼう》を持ちあげて、会場のみんなに見せた。「そして治療前《ちりょうまえ》に口輪をはめてください。さもないと、かまれて自分がけがをする羽目になりかねない」

くすくす笑う声も聞こえたが、メンバーの多くはそれが冗談《じょうだん》ではないことを経験《けいけん》から知っていた。

「出血している犬に安全に近づいたら、第一に、タオルか、なにかかわりになるもので患部《かんぶ》を押《お》さえ、出血を止めることです」

ひとりが質問《しつもん》した。

「狂犬病《きょうけんびょう》にかかっているときは？　かかっているかどうかは、どうしたらわかりますか？」

だれかがふざけて狼《おおかみ》の遠ぼえをまねした。

その声をさえぎるように獣医《じゅうい》が説明を始めた。

「犬の場合、狂犬病《きょうけんびょう》の症状《しょうじょう》には三つの段階《だんかい》があります」会場の全員が真剣《しんけん》に耳をかたむけ、部屋はしーんと静まり返った。「感染《かんせん》してから発症《はっしょう》するまでの期間には、個体差《こたいさ》があります。一旦《いったん》症状《しょうじょう》が現《あらわ》れると、一日から三日にわたり行動変化が観察され、その後興奮期《こうふんき》が来て——」

その恐《おそ》ろしさは全員が知っていた。発症《はっしょう》した動物は、近づくものすべてにかみつくのだ。

「続く第三段階《だんかい》では後《うし》ろ脚《あし》が麻痺《まひ》し、よだれを流し、食べ物を飲みこむことがむずかしくなり、最後は死にいたるのです」

「人の場合は？　人間がかかるとどうなりますか？　ほかの人間にかみついたりするんですか？」女の人が獣医《じゅうい》にたずねた。

「最初の症状《しょうじょう》はインフルエンザに似《に》ています。かまれてからずいぶんたって発症《はっしょう》する場合もあり……」

「発症《はっしょう》するのは、かまれたときだけですか？」

「そう。人間は、ほかの人間をかむようなことはおそらくないが、脳《のう》には影響《えいきょう》が出る。そして興奮状態《こうふんじょうたい》になったり、うわ言を言ったりするようになります」

「症状《しょうじょう》が出て、死にいたるまでの期間は？」

「二日から十日です」

「痙攣《けいれん》を起こしている犬と、狂犬病《きょうけんびょう》の犬をまちがえることはありませんか？」

「恐《おそ》らくその心配はないでしょう」と獣医《じゅうい》は答えた。けれども会場の人々の不安は消えず、休憩《きゅうけい》時間も、狂犬病《きょうけんびょう》にかかった犬と出あったらどうするか、という話で持ち切りだった。ペットを安楽死させた人たちは、それほど愚《おろ》かではなかったのかもしれない。もしもヒトラーが動物を狂犬病《きょうけんびょう》に感染《かんせん》させでもしたら……考えるだけで恐《おそ》ろしい。しかもペットだけが危険《きけん》な目にあうわけではない。農場の家畜《かちく》も同じだ。どんな動物も狂犬病《きょうけんびょう》にかかるし、それを別の動物にうつす可能性《かのうせい》がある。

講習会《こうしゅうかい》が終わって家へ帰ると、父さんは分厚《ぶあつ》い革《かわ》の手袋《てぶくろ》をマイケルに渡《わた》した。「知らない動物にさわるときは、必ずこれをつけなさい」

「だけど父さん――」

「約束するんだ」

マイケルは約束すると、家にいる動物みんなのボウルに水をたっぷり入れた。小さな家は、連れこまれた動物でとっくにいっぱいだった。

今や町には、かつて愛されていた何百匹《びき》ものペットが、飼《か》い主《ぬし》に捨《す》てられ、住むところを失ってうろついていた。なかには生まれたばかりの子犬や子猫《こねこ》もいた。いったいどうやって生きていけというのだろう？　マイケルにとっては、なにからなにまで腹《はら》の立つことばかりだ。

シェルターも、家をなくしたペットであふれていた。飼《か》い主《ぬし》の住所や名前がわかる動物は、少なくとも捜《さが》すあいだの安全が保障《ほしょう》されている。けれども大部分は身元の捜《さが》しようがなく、最初から死刑宣告《しけいせんこく》を受けたも同然だった。戦争中に新しいペットを引き取る人などいなかったから。

マイケルは、もっと動物たちの力になりたいと願った。できることなら一匹《ぴき》残らず助けてやりたい。動物たちがこんな目にあう理由なんてどこにもないのに。

第十三章　秘密《ひみつ》の動物救助センター

季節は少しずつ移《うつ》り、イースト・サセックス州（英国南部の州）郊外《こうがい》の木々の葉は、緑から赤やオレンジへと変わっていった。ローズとバスターとタイガーは、狩《か》りの腕前《うでまえ》がめざましく上達した。ウサギを追うときは、バスターが巣穴《すあな》から追いたてるか、ローズとバスターの二匹《ひき》が左右からはさみ打ちして追いこみ、待ちぶせていたタイガーが飛びかかる。

けれどもリスをつかまえるのには苦戦していた。

バスターは、ときどきリスにばかにされているような気がした。リスは、あと少しでつかまるという瞬間《しゅんかん》までじらしては、するすると木を登って安全なところまで逃《に》げていく。

けれどもある日バスターは、たまたま低くて太い下枝《したえだ》のある木へ駆《か》けあがったリスを追いながら、無我夢中《むがむちゅう》で木に登ってしまっていた。気がつくと、生まれてはじめて高い枝《えだ》の上にいて、ローズはずいぶん低いところにいる。地上へ下りるのは——リスはもう一本上の枝《えだ》に駆《か》け登《のぼ》り、隣《となり》の木へ飛《と》び移《うつ》ってしまったので、バスターは獲物《えもの》をくわえていないのにもかかわらず——

登る何倍も時間がかかった。バスターは小さな体を震《ふる》わせ、枝《えだ》に腹《はら》ばいになって、そろそろと慎重《しんちょう》に木を下りていった。

けれどもこれで、バスターがリスを追いかけるのをあきらめたわけではない。リスの登る木で、小型犬が駆《か》けあがれるような低い枝《えだ》のあるものがまれだったおかげで、同じような失敗をせずにすんだだけだ。

＊＊＊

ルーシーはロバートに言われたとおり、学校ではなるべく目立たずにいようと思っていた。けれども意地悪ジェーンが、そうはさせてくれなかった。ジェーンとけんかになりかけた翌日《よくじつ》、ルーシーが登校すると、ジェーンと取《と》り巻《ま》きが待ちぶせしていた。

「チャーリー、教室へ行ってろ」ロバートが言った。

「だけど……」

「いいから早く！」

意地悪ジェーンはルーシーにほっぺたの傷《きず》をつきつけるように寄せて、「見なよ、あんたのせいだからね」と指さした。

「ごめん」ルーシーがあやまっても、意地悪ジェーンは満足せず、山猫《やまねこ》のように飛びかかってきたので、ルーシーもしかたなくやり返そうとした。

「やめろよ、おたがいさまだろ――」ロバートがあいだに入ってふたりを引《ひ》き離《はな》そうとしているうちに、野次馬が集まってきた。

フェーバー先生も騒《さわ》ぎを聞きつけ、やってきて、杖《つえ》をふりまわしながら怒《ど》鳴《な》りつけた。「なにしてるんだ？」

集まった子どもたちは脇《わき》へよけた。

「またおまえたちか」先生は意地悪ジェーンとルーシーに言った。「そして大もとは、このエドワーズというわけだな。そんなことだろうと思った。さあ、手を出せ！」

「だけどロバートはなにもしてません！」ルーシーは恐怖《きょうふ》におびえて叫《さけ》んだ。

「早くしろ！」

ロバートが手のひらを上に向けて右手を出すと、フェーバー先生はそれを杖《つえ》で打ち、続いて左手も打ちつけた。ルーシーと意地悪ジェーンは、自分たちもやられるんだと顔を見合わせた。ジェーンは目に涙《なみだ》をためていた。

「これで少しは懲《こ》りただろう」

ふたりとも、先生が自分たちのほうへ来ると覚悟《かくご》したが、ちょうどそのとき始業のベルが鳴り、教室へ行けと言われた。

ルーシーはその日一日じゅう、いつフェーバー先生から呼《よ》びだされるかとびくびくしていた。

けれども、ついに呼《よ》びだしはなかった。

一方ロバートは、ひりひりする手の痛《いた》みに耐《た》えながら教室の後ろのすみにすわっていた。ケンカを仲裁《ちゅうさい》しようとした自分を杖《つえ》で打つ、不公平な先生がいやでいやでたまらない。マイケルや友だちのいるロンドンの学校に戻《もど》りたい。

その日の美術《びじゅつ》の時間、ロバートは腐《くさ》りかけたリンゴの静物画を模写《もしゃ》するかわりに、貴重《きちょう》な画用紙の裏《うら》にマイケルへの手紙を書いた。「フェーバーとヒトラーは、きっと気の合う大親友になるよ」それからバスターとタイガーとローズのようすをたずねた。約束どおりハリスさんの家へ行ってくれたのか、それとも〈ナルパック〉の手伝いが忙《いそが》しくて行けなかったのか。もっと大きければ、ぼくも父さんの仕事を手伝えるのに。

ロバートは父さんに会いたくてたまらなかった。

＊　＊　＊

空軍基地《きち》では、飛行機が離陸《りりく》する前に、WAAF《ダブリューエーエーエフ》のメイジーが、乗組員に目的地を確認《かくにん》し、バインダーにはさんだ書類に書きつけたあとで、必ずこう冗談《じょうだん》を言った。

「飛行機をバラバラにしないで持ち帰ってね！」

ロジャー・フレッチャー士官は、乗員として偵察機《ていさつき》に乗るたびに、二羽の鳩《はと》といっしょなのが嫌《いや》でたまらなかった。「鳩《はと》なんて、羽の生えたネズミみたいなもんだろ」

鳩舎担当官《きゅうしゃたんとうかん》のジムはロジャーのそうした態度《たいど》が気に入らず、ロジャーが基地《きち》を離《はな》れて飛行訓練に入る日を心待ちにしていた。航空省《こうくうしょう》から次に配属《はいぞく》される人物は、鳩《はと》のことをわかってくれるといいのだが。

「伝書鳩《でんしょばと》を必要とする事態《じたい》になれば、『羽の生えたネズミ』とは呼《よ》ばないだろうよ」ジムはロジャーに伝書鳩《でんしょばと》のすぐれた能力《のうりょく》を説明しようとした。

ところがジムの努力もむなしく、ロジャーは少しも鳩《はと》のありがたさをわかろうとしない。

「羽をパタパタさせるのも、クークー鳴く声も気に入らないね」

ジムはあきらめて頭を横にふった。

けれども二週間後にやってきたロジャーの後釜《あとがま》の青年は、ジムの期待を裏切《うらぎ》らなかった。まだ十八歳《さい》のジョー・ローソン士官候補生《こうほせい》は鳩《はと》に夢中《むちゅう》になっただけでなく、ありとあらゆる動物が大好きだった。ジムと、ロバートたちの父さんのウィリアムは、しばらく前にジョーが客車で三匹《びき》の動物――二匹《ひき》の犬と一匹《ぴき》の猫《ねこ》――と同乗し、サンドイッチを分け合った話に大笑いした。

「そいつらときたら、あとにも先にも最高の旅仲間でしたよ、本当です」

ジョーの話を聞いたウィリアムは、ロンドンに残してきたペットたちを思い出し、バスターの笑い話をして聞かせた。バスターや家族に会いたい。基地《きち》の男たちはホームシックなどという言葉を口にすることはけっしてないが、だれもが家族に会いたいと思っているのだ。

ジムは、ウィリアムとジョーのふたりを、つい最近巣立ったばかりの若い鳩《はと》の鳩舎《きゅうしゃ》へ連れていった。頭と首に産毛《うぶげ》のような細い黄色い毛があり、翼《つばさ》は灰色《はいいろ》だ。成鳥と比《くら》べると、くちばしが長く見える。

ウィリアムは、鳩《はと》たちにまるでアオサギのような風格《ふうかく》を感じた。

「みんな美人だろ?」とジムが自慢《じまん》げに言った。

正直にいえば、ウィリアムもジョーも若《わか》い鳩《はと》を「美人」とまでは思わなかったけれど、ふたりともジムに向かってうなずいた。

「そいつが気に入ってるんだ」ジムは後ろにいる一羽を指さした。「いちばん優秀《ゆうしゅう》なつがいの子でね。末娘《すえむすめ》の名前をとって、リリーと呼《よ》んでる」

そのとき、飛びたつ飛行機の音がした。三人がふり向くと、また一機、フランス上空の偵察《ていさつ》飛行へと向かっていった。三人は飛行機が見えなくなるまで見送った。

＊＊＊

マイケルはときどき、自分と同じくらいの年の子どもは、ロンドンからいなくなったんじゃないかな、と思うことがあった。

しばらく前に、マイケルは動物が火葬《かそう》されるところを見て吐《は》いてしまった。広場のまわりはひどいにおい――死のにおいが立ちこめ、そのにおいでマイケルは気分が悪くなった。殺されたペットたちがつみあげられ、巨大なたき火で焼かれている。

「どうして？」マイケルは信じられない思いで恐《おそ》れおののき、息をのんだ。

動物たちは死ななければならないようなことは、なにもしていない。なにひとつしていないのに……。

その日以来マイケルは、火葬場《かそうば》に行くのを父親に禁《きん》じられた。そして、シェルターの動物を見るたび、必死で涙《なみだ》をこらえなければならなかった。しっぽをふる犬、マイケルを信じ切って無邪気《むじゃき》な目で見つめる犬、もうすぐ命が終わるとも知らずにゴロゴロ喉《のど》を鳴らす猫《ねこ》。なにもかもがおかしい。

町には、シェルターへ連れていかれることさえなく、ただ捨《す》てられたペットもたくさんいた。飼《か》い主《ぬし》に見捨《みす》てられて通りをさまよい、自分でエサを見つけるしかないペットたち。それはある意味、安楽死以上に残酷《ざんこく》な運命だった。いったいどうやって生きていけばいい？　これから秋が来て、さらに冬になれば、状況《じょうきょう》はいまよりもっと厳《きび》しくなるのだ。

人間は、飼《か》っていた動物が飢《う》えて死ぬほかないと知りながら、どうして捨《す》てたりするのだろう。

何度考えてみても、マイケルにはその答えがわからなかった。

〈ナルパック〉でのマイケルの仕事は、電話番と、住む場所のない動物——ただし危害《きがい》を加えないものにかぎる——をシェルターへ連れていく手伝いだ。

「危《あぶ》ないと思う犬には絶対《ぜったい》に近づくな」と父さんが警告《けいこく》した。「それに、病気の動物にもけっしてさわらないこと」

けれどもそれだけでは物足りない。マイケルはもっと動物たちの役に立ちたかった。

ある日マイケルは偶然《ぐうぜん》に、使われていない地下室を見つけた。大勢《おおぜい》の人がロンドンの中心部を離《はな》れて仮設《かせつ》のバラックに住んだり、安全な田舎《いなか》へ引《ひ》っ越《こ》したりしたため、町は空き家だらけだった。

マイケルは、お産の直後だとひと目でわかる野良猫《のらねこ》を追いかけていた。危《あや》うく見失いかけたところで、猫《ねこ》が塀《へい》に開いた穴《あな》のなかへ入っていくのが見えた。マイケルは、あとをつけた。

驚《おどろ》いたことに、そこには四方を壁《かべ》に囲まれた、草木の生《お》い茂《しげ》る大きな中庭があった。

猫《ねこ》は、すぐ近くにいた。

マイケルは猫《ねこ》を怖《こわ》がらせないように、低くしゃがんだ。

「いい子だ、おいで」と呼《よ》びかける。

猫《ねこ》は用心しながらも、好奇心《こうきしん》からマイケルのほうに一歩踏《ふ》みだした。

「その調子、こっちだよ」

猫《ねこ》はだんだん近づいてきた。ところが、マイケルがこれならつかまえられると思った瞬間《しゅんかん》、弱々しい子猫《こねこ》の鳴き声が聞こえ、さっと姿《すがた》を消した。マイケルも飛びあがってあとを追い、猫《ねこ》がはね扉《とびら》から地下室へ入っていくところを見届《みとど》けた。

地下への階段《かいだん》を下りると、部屋のすみに四匹《ひき》の子猫《こねこ》とさっきの母猫《ははねこ》がいた。子猫《こねこ》の一匹《ぴき》はタイガーを思わせる赤茶色で、残りの三匹《びき》は白と黒のぶちだ。

〈ナルパック〉に報告《ほうこく》して、母猫《ははねこ》と子猫《こねこ》たちをシェルターへ収容《しゅうよう》する。それが正しい手続きだということはわかっていた。けれどもいま、シェルターは満員で、動物たちを次々安楽死させるほかない。シェルターへ連れていけば、猫《ねこ》の家族が助かる見こみはなかった。だが地下室は乾《かわ》いていて安全だ。食べ物と水さえあれば、子猫《こねこ》たちがもう少し大きくなってしっかりするまでここにいられる。

こうして母猫《ははねこ》と子猫《こねこ》たちは、マイケルの秘密《ひみつ》の動物救助センターの住人第一号となった。

第十四章　罠《わな》にかかったローズ

去り行く日々はいつしか溶《と》けて混《ま》ざり合《あ》い、昨日と今日の境目《さかいめ》もしだいに曖昧《あいまい》になっていく。ペットたちが歩いている森もそれと同じで、どこまでも切れ目なく続いているように思われた。けれども動物の目には同じにしか見えない森のなかには、「私有地《しゆうち》」や「立入禁止《きんし》」と書かれた看板《かんばん》が立つ場所もある。ある日三匹《びき》は、そうした看板《かんばん》のある森で、いつものようにウサギ狩《が》りをしていた。ローズとバスターがウサギを追い、タイガーが飛びかかろうと待ちかまえていたら、ローズが突然《とつぜん》悲鳴をあげた。

猟場《りょうば》の番人がウサギやキツネをつかまえようとしかけた細い針金《はりがね》の罠《わな》が、ローズの右の前足をとらえたのだ。

逃《に》げようとすればするほど、罠《わな》は食いこむ。ほかの二匹《ひき》はどうすることもできず、気が狂《くる》ったように暴《あば》れまわるローズを見ていた。

落ち葉をガサガサ踏《ふ》みしめる音がした。タイガーは木の上へ駆《か》け登《のぼ》り、バスターは茂《しげ》みのなかに駆《か》けこんだ。猟場《りょうば》の番人が姿《すがた》を現《あらわ》したのだ！

ライフルを手にした男は、仕留《しと》めたウサギを六匹《ぴき》、ひもに一列につないで肩《かた》にかけていた。ウサギたちはローズほど運がよくはなかった。足ではなく首を罠《わな》につっこんだため、逃《に》げる間がなかったのだ。残酷《ざんこく》な罠《わな》は、もがくほどに首をしめつける。万一番人が来るまで生きのびても、最後は殺されてしまう運命だった。

番人が近づくと、ローズは死んだように静かになった。ウサギの血のにおいで、状況《じょうきょう》が深刻《しんこく》だとさとったのだ。

「さて、今度はなにがかかったかな？」番人はそう言ってローズをよく見ようとした。ウサギは地面に置いたが、ライフルは手放さない。罠《わな》にかかったのは犬だが、凶暴《きょうぼう》だったり、ひどいけがを負っていれば、迷《まよ》わず撃《う》ち殺《ころ》すつもりだった。

罠《わな》は、恐怖《きょうふ》におびえた動物がもがくとしまるようにできていて、もがくのをやめればゆるむ。ローズが静かに横たわっているあいだに、少し罠《わな》がゆるんだ。

番人がローズをじっくり見ようと、ライフルを地面に置いてしゃがみこんだところで、タイガーが木からそっと下りてきた。ウサギを一匹《ぴき》いただこうとしたのだが、六匹《ぴき》全部がつながっていて、運ぶのはたいへんだ。そこへ、新鮮《しんせん》な肉のにおいに誘《さそ》われたバスターも茂《しげ》みから出てきた。そして小さな鋭《するど》い歯で、最初の一匹《ぴき》の頭をくわえこんだ。

番人がふり返ったときには、ウサギは跡形《あとかた》もなくなっていた。
「こら！」と番人が怒鳴《どな》ってライフルを取りあげた瞬間《しゅんかん》、ローズは前足を勢《いきお》いよく引いて罠《わな》から自由になった。そしてあっという間に立ちあがると、傷《きず》ついて痛《いた》む足をものともせずに、二匹《ひき》を追って走り去った。

番人は森のなかをドスドス歩き、正体不明の泥棒《どろぼう》をののしりながら、消えたウサギを捜《さが》しまわった。キツネの仕業にちがいない。けれども森は深く、犯人《はんにん》はけっきょく見つからなかった。三匹《びき》は、それぞれ息をひそめて隠《かく》れていたが、怒《いか》りに燃《も》える男の足音が聞こえなくなると、ローズも残りの二匹《ひき》に合流してご馳走《ちそう》にありついた。

とはいえ足に食いこんだ罠《わな》のあとは深い傷《きず》となり、その晩《ばん》ローズは痛《いた》みのためになかなか眠《ねむ》れず、何度も目覚めた。バスターとタイガーは、夢《ゆめ》のなかでも苦しげにうめき、ときおり体を震《ふる》わせるローズにぴったり寄《よ》りそっていた。

翌朝《よくあさ》ローズはふらつきながらも立ちあがり、足を引きずって歩きだした。けれどもその息は荒《あら》く、痛《いた》みはひと足ごとに華奢《きゃしゃ》な体をつらぬいて、悲鳴が漏《も》れた。

それでもローズはあきらめず、体を引きずるように歩き続けたが、三匹《びき》はのろのろとしか進めなかった。バスターとタイガーは狩《か》りのできないローズのために、食べ物を運んでやった。しばらくたつと、ローズは激《はげ》しい痛《いた》みのせいで、ほとんど食べられなくなってしまった。バスターが心配そうに鼻を鳴らしながら、ウサギの肉を押《お》しやっても、ため息をついて顔をそむける。

たそがれどきになり、動物たちはウェスト・サセックス州（英国南部の州）のロックスウッドに近い運河《うんが》で、水を飲もうと立ち止まった。ところがローズはついにそこで力つき、倒《たお》れこんで目を閉《と》じてしまった。バスターとタイガーがいくら待っても、その目は開かない。これまで三匹《びき》は、本能的《ほんのうてき》に身を隠《かく》しながら旅をしてきた。特に寝《ね》るときは、できるかぎり隠《かく》れようとしていたのに、いまやローズは身を隠《かく》す場所もない道の真んなかで意識《いしき》を失ってしまったのだ。バスターがほえても身じろぎひとつしない。バスターはもう一度ほえ、ローズのまわりを駆《か》けまわって頭をこすりつけた。が、ローズはまったく動かない。

突然《とつぜん》、三匹《びき》がこれまで水辺で目にしたアヒルや白鳥やシカなどのどんな動物よりもずっと大きななにかが、こちらへ近づいてきた。

バスターはローズの顔をなめて、必死に起こそうとした。

そんなところに寝《ね》てちゃだめだよ。見つかってしまう。

馬が間近に迫《せま》ると、バスターとタイガーはその場を逃《に》げだした——けれど二匹《ひき》は遠くへは行かずに、茂《しげ》みに隠《かく》れてようすをうかがっていた。

背丈《せたけ》百四十センチの黒みがかった灰色《はいいろ》の雌馬《めすうま》は、バージと呼《よ》ばれる細長い平底の荷船につながれ、運河沿《うんがぞ》いの引き船道（船やバージを人や馬が牽引するために川沿いに作られた道）を船を引いて歩いていた。雌馬《めすうま》はローズの横でぴたりと止まると、大きな頭をローズにすり寄《よ》せた。そのまま通《とお》り過《す》ぎるつもりも、ローズを傷《きず》つけるつもりもなさそうだ。

「どうしたブルーベル、さっさと歩いとくれ」バージからだれかが馬に声をかけた。

けれどもブルーベルはローズの横で止まったままだ。もう一度やさしく頭をすり寄《よ》せたが、ローズはぴくりとも動かなかった。

「どうしたのか見てきとくれ、ジャック」

男の子がバージから飛《と》び降《お》りて川岸へ渡《わた》り、ブルーベルがどうして止まったのかを見にきた。

「ブルーベル、どうかしたのかい？」

バスターとタイガーは、隠《かく》れ場所から男の子を見ていた。

ジャックは引き船道に倒《たお》れているローズに気づくと、ひざまずいた。

ローズはわずかに頭を持ちあげて男の子を見たが、それが精《せい》いっぱいだった。

「大丈夫《だいじょうぶ》、横になってな。心配ないから」ジャックはそう言いながら、けがをした前足を見て顔をくもらせた。「おじいちゃん！」

「どうしたってんだ？」

「早く来て！」

バージの船主で、ジャックのおじいさん、アルフレッドが船から降《お》りてきた。アルフレッドはかがんでローズを見た。「これはこれは、どうしたもんかな」

「こいつ、助かる?」ジャックがたずねた。飼《か》っていた老犬ベンがある晩眠《ばんねむ》りについて翌朝《よくあさ》目覚めなかったのは、ほんの二か月前のことだ。親友を亡《な》くした痛《いた》みはまだ生々しかった。

アルフレッドは孫にけっしてうそをつかなかった。「むずかしいな。前足がひどくやられてる」

「助けてやらなきゃ」ジャックが言った。このまま置き去りにして死なせるなんてできない。

アルフレッドはうなずいた。ボーダーコリー犬はひどくやせていて、あばら骨《ぼね》がすけて見えそうだ。しばらくたっぷり食べさせてやれば、元気になるだろう。だが前足は……。状態《じょうたい》はかなり悪い。足を切らずにすむかどうかも疑《うたが》わしかった。アルフレッドは前足を持ちあげて、炎症《えんしょう》の広がり具合を調べた。

ローズは苦しそうにうめいた。

「よし、船に乗せてやりなさい」

「大丈夫《だいじょうぶ》だよ、怖《こわ》くないからね」ジャックはそう言ってローズを抱《だ》きあげると、バージのなかへ運んでいった。

船内は狭《せま》いが、居心地《いごこち》はよかった。キャビンの後ろには料理用の小さな石炭ストーブがあった。てっぺんはフライパンやヤカンが落ちないように、鉄の棒《ぼう》で囲ってある。アルフレッドはブルーベルのふすまのおかゆに、おろしニンジンと糖蜜《とうみつ》を加えたところだった。

「ベッドに寝《ね》かせてやりなさい」

ジャックは細長い二段《だん》ベッドの下の段《だん》に、そっとローズを下ろした。引き船道にいるよりは船のなかのほうが、少なくとも安全で暖《あたた》かい。

犬はひどく弱っていて、アルフレッドの目には、今晩《こんばん》もつかどうかさえも危《あや》ぶまれた。

「こいつ、大丈夫《だいじょうぶ》だよね？」ジャックは不安そうにたずねた。

アルフレッドはため息をついた。子どもにけっしてうそをつかないというのは、ときに辛《つら》いものだ。「なんとも言えないな。助かるかどうかは気力次第だ。この犬の生きようとする気持ちが強いかどうかにかかっとる」

「この犬、きっと生きたいと思ってるよ。おじいちゃん、ぼくにはわかる」

「ブルーベルに食事を持っていってやりなさい」

ジャックは犬のそばを離《はな》れたくなくて、すぐには言うことを聞かなかった。

「さあ、早く」

ジャックはブルーベルの食事をバケツに入れると、引き船道へ戻《もど》った。

「さあ、ごはんだよ」ジャックは雌馬《めすうま》の馬具をはずし、体をこすりながら話しかけた。

「えらいぞ、ブルーベル。あの犬をよく見つけたね。並《な》みのバージ馬なら踏《ふ》んづけて行っちまうとこだけど、おまえはちがう。そうだろ？　おまえは特別だからな」

ジャックはブルーベルの鼻にやさしく息を吹《ふ》きかけ、ブルーベルもお返しにジャックに鼻息を吹《ふ》きかけた。たそがれが夜に変わるころ、ジャックはバージのなかに戻《もど》った。

外では、バスターとタイガーがローズの帰りを待っていた。茂《しげ》みのなかでバージのようすを見守りながら待つうち、いつしか二匹《ひき》は眠《ねむ》りに落ちていた。

翌朝《よくあさ》ローズはほんの少し水を飲み、すりつぶした鶏肉《とりにく》をいくらか食べた。アルフレッドの心配どおり、前足の傷《きず》は化膿《かのう》していた。アルフレッドはジャックに湿布《しっぷ》の作り方を教え、膿《うみ》を出すため傷口《きずぐち》をヤスで切開した。

「ごめんよ」アルフレッドは、哀《あわ》れっぽく鳴いて前足をひっこめようとするローズに言いきかせた。「だけど、こうするしかないんだ」

「こいつの名前、どうする？」とジャックがたずねた。

「犬でいいだろう」

けれどもジャックは不満だった。「そうだ、トリップ、トリップって呼《よ》んだらどうかな？」

ローズはその日のほとんどを、ジャックのベッドで寝《ね》て過《す》ごした。バージの外ではバスターとタイガーが待っていた。二匹《ひき》ともお腹《なか》をすかせていたが、バスターのほうはブルーベルのバケツに残ったふすまを平らげたので、タイガーよりはいくらかましだった。

午後になると、タイガーは大きなミズネズミを追って姿《すがた》を消し、お腹《なか》いっぱいになって戻《もど》ってくると昼寝《ひるね》した。そして二匹《ひき》はローズを待ち続けた。

翌朝《よくあさ》、ブルーベルはまたバージにつながれ、ゆっくりと海へ向かって引き船道を歩きだした。バスターとタイガーも姿《すがた》を隠《かく》しながらバージのあとについて、引き船道の脇《わき》を歩いた。

第十五章　見せしめ

おじいちゃんが生きていたころ、ロバートはローズといっしょに羊を世話するのが好きだった。フォスターさんの農場でも、ロバートのいちばんの楽しみは、羊の世話を手伝うことだ。ローズとおじいちゃんのあいだにはとても強い絆《きずな》があって、おじいちゃんがなにかを命令する前に、ローズにはそれがわかるようだった。フォスターさんは、若《わか》いボーダーコリー犬のモリーを訓練していたが、ローズのようなすばらしい牧羊犬になる素質《そしつ》はまるでなさそうだ。

「おばあちゃんがローズをロンドンへやると知ってたら、うちに譲《ゆず》ってくれと頼《たの》んだんだがな」とフォスターさんは言った。牧羊犬がペットとして飼《か》われていることをよく思っていないのだ。

ローズはロンドンで幸せに暮《く》らしていた、とロバートが説明しても、フォスターさんは首を横にふる。

「牧羊犬には、群《む》れを集めたいという本能《ほんのう》があるんだ」

ロバートは思い出し笑いをしながらうなずいた。たしかにローズは、バスターとタイガーを羊の群《む》れを集めるように誘導《ゆうどう》しようとしてたっけ――うまくはいかなかったけど。羊とちがって、あいつらときたらまったく言うことを聞かない。バスターのほうは……ときにはローズの言うとおりに動くこともあった。けれどもタイガーに言うことを聞かせるなんて、絶対《ぜったい》にできっこない。それどころか、ローズをうるさがって威嚇《いかく》してた……。

ローズをペットにしてはいけない、とフォスターさんが思っていることをロバートから聞いて、ルーシーが言った。「だけど、家族のみんながローズを大好きだもの。いつも遊んであげてるし、ちゃんと世話もしてるわ」

フォスターさんが手をふきながらテーブルにやってきた。

「ルーシーとロバートがちゃんとローズの世話をしてたのはわかってるさ。これっぽっちも疑《うたが》ってなんかいないよ。ふたりとも本当に思いやりがあるからな。おじさんが言いたいのは、ペットとしてボーダーコリー犬を飼《か》う人が、牧羊犬の本能《ほんのう》を知らないこともあるってことだ。羊の群《む》れのいないボーダーコリーは――」

奥《おく》さんがフォスターさんの前に、ステーキとキドニーパイ（牛の腎臓や肉などを入れたパイ）の載《の》ったお皿を置いた。「――ありがとう」

「羊の群《む》れのいないボーダーコリーは？」ロバートがたずねた。

フォスターさんはステーキにナイフを入れながら答えた。「走れない狩猟犬《しゅりょうけん》や飛べない鳥と同じだよ。とても不幸な動物だ」

＊＊＊

栄養のある食事をとり、一週間前足をゆっくり休ませたおかげで、ローズはめきめきと回復《かいふく》した。ブルーベルが道端《みちばた》で見つけて、ジャックがバージへ運び入れたときのぐったりした犬と同じとは思えないほどだ。

はじめの数日は、ジャックのベッドに横たわり、眠《ねむ》って食べるだけで精《せい》いっぱいだった。けれども湿布《しっぷ》が効《き》いて炎症《えんしょう》が治まると、アルフレッドはローズの傷《きず》ついた前足に包帯を巻《ま》き、包帯が汚れないように袋《ふくろ》で部屋ばきも作ってやった。こうしてローズは、狭《せま》くて細長いバージのなかを自由に歩きまわれるようになった。

十月にしては暖《あたた》かく日ざしの明るい日、ローズはバージのへさきにすわって船の行く手を見つめていた。

ブルーベルは石炭を載《の》せたバージを引いて、土手の引き船道をゆっくりと進んでいく。

ジャックは、昔、老犬のベンとしたように、よくローズ――ジャックはトリップと呼《よ》んでいる――といっしょにへさきにすわった。

トリップがいてくれてよかった。トリップは気の合う仲間だ。

「トリップ、おまえと話ができればなあ。きっと話したいことがいっぱいあるだろうに」

ローズに話しかけるジャックの横を、母さんガモと六羽のヒナが泳いでいった。

バスターとタイガーは、バージのあとからついて行った。

バージのあとをつけるのはむずかしいことではなく、食料探《さが》しをして戻《もど》ってきても、たやすく見つけられた。運河《うんが》は曲がりくねりながら海に向かって流れ、バージと動物たちもその流れにしたがった。

＊　＊　＊

ロバートが杖《つえ》で打たれてからも、村の学校でのロバートとルーシーの毎日に変わりはなかった。けれどもあの日以来、意地悪ジェーンがルーシーにケンカをしかけてくることはなかった。あいかわらずにらみつけはするが、距離《きょり》を置くようになったのだ。

そんなある日、ロバートは思いがけず、やっかいなことに巻《ま》きこまれた。

チャーリーは学校でよく、フォスターさんと奥《おく》さんの家が大好きで、いっしょに住んでいるロバートは強くて頭がいいんだ、と自慢《じまん》していた。さらに、もしもだれかが自分に手を出そうとしたら、ロバートが相手になるとも言いふらしていた。運の悪いことにその話を、ロンドンの学校で高学年男子のボスだった生徒の弟が聞いて、兄に話したのだ。チャーリーが「ロバートがいつでもやっつけてやる」と言っていると聞き、兄のゴーファーはかんかんになった。そのうえ、チャーリーはそんなことまでは言っていなかった。

前もってこういった事情《じじょう》を知っていたら、ロバートも多少は用心できたかもしれない。けれどもチャーリーにそんな気が回るはずもない。話を聞いた翌朝《よくあさ》、ゴーファーが学校の前でいきなりつっかかってきた。ロバートにはまったく寝耳《ねみみ》に水だ。

「てめえ、おれをやっつけてくれるんだってな？」とゴーファーが絡《から》んできた。

「はあ？　いったいなんの――」

ところがゴーファーはロバートの話も聞かず、いきなり右フックを繰《く》りだした。ロバートは不意をつかれ、かがんでかわすのが精《せい》いっぱいだ。

「ケンカだ、ケンカだ！」

ふたりのまわりに人垣《ひとがき》ができて騒《さわ》ぎたてた。

次にゴーファーが左腕《ひだりうで》をふりあげると、ロバートはすばやく身をかわしてよけ、相手の腹《はら》を強打した。ゴーファーは痛《いた》みに体をふたつに折りながらも回りこみ、げんこつでロバートの顔をなぐろうとした。けれどもロバートはそれを止めて逆《ぎゃく》にアッパーカットを食らわせ、ゴーファーの頭を大きくのけぞらせた。

ゴーファーがよろめいたところへ、フェーバー先生が杖《つえ》を激《はげ》しくふりまわしながら突進《とっしん》してきた。

「なにをしている！」

「悪いのはあいつです……」ゴーファーはあえぎながらロバートを指さした。「あいつがなぐってきたんです」

ゴーファーの仲間たちも口をそろえた。「そうです先生、あいつがゴーファーをなぐって……」

「もめごとばかり起こしおって！」

ルーシーが叫《さけ》んだ。

「ちがいます！　ロバートはなにもしてません」

「たしか前にも同じことを言っていたな」フェーバー先生が言った。

「はい……」ルーシーは答えながら、自分がなんの助けにもなれないんだ、とさとった。

「手を出しなさい！」

「待ってください！」ロバートは反論《はんろん》しようとしたが、先生の顔を見て、なにを言っても無駄《むだ》だとわかった。先生は、いまこの場でだれかを見せしめにしたいだけなんだ。

ゴーファーと仲間たちは、得意げに薄笑《うすわら》いを浮《う》かべた。

杖《つえ》は空気を切り、ロバートの手のひらを鋭《するど》い音とともに打った。痛《いた》みが波になって腕《うで》まで上がっていく。

「反対の手だ！」フェーバー先生はそう言って、さっきよりもさらに強く杖《つえ》をふり下ろし、ロバートは打たれた勢《いきお》いで地面に倒《たお》れそうになった。

「これで懲《こ》りただろう」先生が顔を近づけると、臭《くさ》い息がロバートの顔にかかった。

ロバートはその日一日じゅう教室のすみにすわらされ、フェーバー先生への憎《にく》しみを募《つの》らせながら燃《も》えるような痛《いた》みに耐《た》えた。手の痛《いた》みは前回よりもひどく、ルーシーたちと家へ帰るときにもまだ治まらなかった。ルーシーが心配そうにロバートをちらちら見ながら歩いていると、突然《とつぜん》チャーリーがめそめそ泣き始めた。

「どうしたの？　杖《つえ》で打たれたのはあなたじゃないのに」とルーシーが言った。

「ぼく……ぼく……ごめんなさい」チャーリーはロバートにあやまった。

「なんであやまるんだ？」ロバートがたずねると、チャーリーは自分がしたことを話した。

「ありもしない話を言いふらしたりしちゃだめでしょ」ルーシーはロバートのことを思って、チャーリーをしかった。

ロバートには、チャーリーがなぜそんな話を言いふらしたのか、まったくわからなかった。

「だけどロバート、ぼくのこと守ってくれるでしょ？」チャーリーが念を押《お》すようにきいた。

その部分だけは、うそだと困《こま》る。

それを聞いたロバートは、思わず笑いだした。自分でも驚《おどろ》くくらいの大声だ。こんなに笑ったのは、ずいぶんひさしぶりだった。刺《さ》すような手の痛《いた》みも、さっきほどは気にならない。

「もちろん守ってやるよ！」

ほっとしたのもつかの間、次の瞬間《しゅんかん》チャーリーが驚《おどろ》いて叫《さけ》んだ。「ロバートたちのおばあちゃんだ！　あんなとこでなにやってんの？」

チャーリーの指さすほうを見ると、通りの向こうの畑の真んなかで、かかしの横に積みあげた干《ほ》し草《くさ》の山のてっぺんに、おばあちゃんがすわっている。

ルーシーとロバートは、おばあちゃんのところへ駆《か》けつけた。

「待ってよ！」チャーリーも短い足を必死に動かした。

「おばあちゃん、どうしたの？」ロバートが話しかけた。こんなところでいったいなにしてるんだろう？　肩《かた》にさわると冷たい。体がすっかり冷え切っている。ロバートはコートを脱《ぬ》いで、おばあちゃんの肩《かた》にかけた。

ルーシーがおばあちゃんの手を握《にぎ》ったところへチャーリーが追いついて、息を切らしながらたずねた。「おばあちゃん、どうしちゃったの？」

おばあちゃんは、ロバートたちのこともろくにわからないようだ。

「ねえ、おばあちゃん、孫の、ロバートと、ルーシーよ」ルーシーは、半分眠《ねむ》っている人にしゃべりかけるようにゆっくりと言った。

「ぼくもいるからね。忘《わす》れないで、チャーリーだよ」チャーリーはおばあちゃんのもう片方《かたほう》の手を取ると、何度も大きくふった。

おばあちゃんはチャーリーの乱暴《らんぼう》な握手《あくしゅ》のおかげで、いくらか正気に戻《もど》ったらしい。

「ルーシーかい？　ここでなにしてるんだい？　なんでロンドンにいないの？　お母さんはどこ？」

「さあ、おばあちゃん」ロバートがすかさず言った。「うちへ帰ろう」

ロバートが立たせると、おばあちゃんは素直《すなお》に家へ向かった。

三人はおばあちゃんを家に連れていった。なかに入ると、凍《こご》えそうに寒い。ルーシーが暖炉《だんろ》に火をおこした。

「ニワトリにエサをやってきて」と、ロバートがチャーリーに言った。

「行かなきゃだめ？」チャーリーは気が進まなかった。フォスターさんの飼《か》っているニワトリは、どちらかというと苦手だった。おばあちゃんが飼《か》っているニワトリも、同じじゃないのかな。

ロバートは言いきかせるように言った。

「うん、行かなきゃだめだよ。それにほかの動物たちも、ちゃんとごはんをもらってるかどうか見てくるんだ。腹《はら》ぺこはかわいそうだろ？」

「わかった」と、チャーリー。

「ニワトリたちは、たぶん朝ごはんも食べてないから」

ロバートがそうつけ加えると、チャーリーは外へ出ていった。

ルーシーが砂糖《さとう》をたっぷり入れた熱い紅茶《こうちゃ》をいれ、ロバートは毛布《もうふ》を見つけて、おばあちゃんの肩《かた》にかけてやった。

「おばあちゃんもぼくたちといっしょにフォスターさんのとこへ来たら？　あそこはあったかいから」とロバートが言った。

けれどもおばあちゃんは、まるで聞く耳を持たない。「あたしゃ五十年間、自分のベッドで寝《ね》てきたんだ。よそじゃ眠《ねむ》れやしないね。それにやることがたくさんあるから、ぶらぶらしてなんかいられないよ」

「母さんに知らせたほうがいいのかな？」おばあちゃんに聞こえないように、ルーシーが言った。

ロバートも迷《まよ》っていた。「すごく心配するだろうな……」

ニワトリにエサをやり終えたチャーリーが駆《か》けて戻《もど》ってきた。ひざをすりむいている。

「どうしたの？」とルーシーがたずねた。

チャーリーは頭でおばあちゃんのほうをさした。「おばあちゃんのせいで、穴《あな》に落っこっちゃった！」

フォスター家の客間は、花柄《はながら》の壁紙《かべがみ》が貼《は》られ、暖炉《だんろ》の上の特等席にラジオが置かれている。客間もラジオも、平日は特別なお客さまでも来ないかぎりほとんど使われないが、フォスターさん夫妻《ふさい》は日曜の午後にはいつも、『あなたの庭で』という家庭菜園の作り方を教えるラジオ番組を楽しんでいた。戦争前の英国では食糧《しょくりょう》を必要なだけ輸入《ゆにゅう》できたが、戦争が始まったいま、食糧省《しょくりょうしょう》は国民に、庭で野菜を作るよう奨励《しょうれい》していた。

番組のテーマソングの「勝利のために掘《ほ》れ」という歌が流れると、チャーリーは決まってみんなに腕《うで》の筋肉《きんにく》を見せる。農場へ来てからお手伝いでたくさん穴《あな》を掘《ほ》ったから、筋肉《きんにく》もずいぶんとついた、と言うのだ。

その日、おばあちゃんを家まで送《おく》り届《とど》けた三人がようやくフォスターさんの農場に帰ると、出迎《でむか》えた奥《おく》さんが先週の日曜日に番組で紹介《しょうかい》していたジュースを作ってみたと言う。

「晩《ばん》ごはんのときに飲んでみない？」

ごはんになると、奥《おく》さんは水さしに入れたオレンジ色の液体《えきたい》を涼《すず》しい食糧貯蔵庫《しょくりょうちょぞうこ》から取りだして、みんなのコップについだ。

ロバートは慎重《しんちょう》にコップを持ちあげた。杖《つえ》で打たれたことをフォスターさんたちに知られたくない。ロバートとルーシーは同時にひと口すすって、思わず顔を見合わせた。

奥《おく》さんはごくごく飲んで言った。

「ああ、おいしい！」

チャーリーは素直《すなお》に飲もうとしなかった。この飲み物は、なんだかおかしなにおいがする。

「これなあに？」

「まずは飲んでごらんなさいな」奥《おく》さんは明るく言った。

けれどもチャーリーはその手には乗らない。「なんて名前？」

「キャロテードっていうのよ」と奥《おく》さんが答えた。

「キャロテード？」チャーリーが繰《く》り返《かえ》す。

ルーシーは奥《おく》さんをがっかりさせないように、もうひと口すすって言った。「チャーリー、案外おいしいわよ」本当はまずい。「飲んでみて」

「なにが入ってんの？」とチャーリーがたずねた。

「ニンジンとスウェーデンカブのジュースよ」奥《おく》さんは答えると、おいしいとはとても言えない液体《えきたい》を無理して飲みほした。「健康にいいの――それに、暗いところでも目が見えるようになるんですって」

次にフォスターさんがごくりと飲み、そのしかめっ面《つら》を見たチャーリーは、キャロテードは毒だ、と決めつけた。

ロバートは腫《は》れあがった手を隠《かく》していたが、とうとうフォスターさんに見つかってしまった。

「手をどうかしたのか？」

「別に――」ロバートは言いわけしようとした。

けれどもルーシーが、怒《いか》りをおさえ切れずに口を開いた。「不公平よ！　フェーバー先生は絶対《ぜったい》にまちがってる。ケンカをしかけたほうはぶたないで、ロバートだけを杖《つえ》でぶつなんて」

ルーシーの頬《ほお》を涙《なみだ》がこぼれ落ちた。「この前だって……」

フォスターさんはロバートを見た。

ロバートは目をふせ、顔を赤らめた。「実は……その……学校でケンカして、先生に杖《つえ》で打たれたんです」

「お兄ちゃんはなんにも悪くないのに！」ルーシーが大声で言った。

「ぼくが、ロバートは強いって言ったせいなんだ」と、チャーリー。

「いいから、ごはんを食べなさい」フォスターさんは子どもたちに言った。

けれどもその日は、大食いのチャーリーでさえ、いつもほど食べなかった。

夕飯を終えると、フォスターさんは奥《おく》さんとしばらく声をひそめて話していたが、上着を手に出かけていった。一時間以上して、トラックが農場に戻《もど》る音が聞こえた。

フォスターさんの表情《ひょうじょう》は険《けわ》しかった。ロバートは、大人が言うことよりも自分のほうを信じてはくれないだろう、と思っていた。

フォスターさんが言った。

「しばらく学校へは行かないことになったよ」

ロバートは、なんと答えればいいかわからずにとまどった。ほっとして、万歳《ばんざい》！　と叫《さけ》びたい一方で、不安でたまらない。「ぼく、退学《たいがく》になったんですか？」

「そうじゃない。実は――このまま空襲《くうしゅう》がなければだが、疎開校《そかいこう》は今学期末でロンドンへ帰ることになったんだ。おまえの担任《たんにん》のフェーバー先生や、ロンドンの学校から来たほかの先生たちもいっしょにだ。さしあたりは農場が忙《いそが》しいから、ロバートには家の仕事を手伝ってもらいたいんだが……」

ロバートは心の底から安心して、大きくうなずいた。「ありがとうございます！」

＊　＊　＊

ローズは回復《かいふく》するにつれて、バージのなかを自由に歩きまわるようになったが、お気に入りの場所は、やはりへさきだ。

「まるで船首像《せんしゅぞう》（船の船首に取りつけられた彫像）みたいだな」とジャックが言うと、ローズはそのとおり、と言うようにジャックを見つめた。

何世紀ものあいだ、船首像《せんしゅぞう》は幸運をもたらすと水夫たちのあいだで言い伝えられてきた。へさきにすわるローズを見るたび、ジャックは思わずほほえんでしまった。アルフレッドはいつも、機嫌《きげん》よく暮《く》らせることがなによりの幸運だと言っている。

ローズがバージの先端《せんたん》でひなたぼっこをしているあいだも、バスターとタイガーは後ろからついてきていた。二匹《ひき》は、いまや凄腕《すごうで》の狩人《かりゅうど》だった。バスターに追いたてられたミズネズミやウサギは、飛びかかろうと待ちかまえるタイガーのほうへまっしぐら、助かる見こみはほとんどなかった。

ジャックに拾われてから十日が過《す》ぎた早朝、ローズは暖《あたた》かく安全なバージを去るときが来たことを感じた。数日前から、ジャックはまた自分のベッドで寝《ね》るようになり、ローズはジャックが袋《ふくろ》や毛布《もうふ》を床《ゆか》に敷《し》いてこしらえた寝床《ねどこ》で寝《ね》ていた。

船を去る前、ローズはベッドで眠《ねむ》るジャックを長いあいだ見つめていた。このままジャックとバージに残り、通り過ぎていく川岸をながめる暮《く》らしもいいだろう。

けれどもローズは船室から抜《ぬ》けだして、川岸へ飛《と》び移《うつ》った。

馬のブルーベルがローズに鼻をこすりつけ、ローズはしっぽをふった。

船のなかではジャックが目を覚まし、ローズの姿《すがた》が見えないことに気がついた。

川岸にほど近い茂《しげ》みで、バスターとタイガーが待っていた。ブルーベルは、二匹《ひき》へ駆《か》け寄《よ》るローズに、いなないて別れを告げた。

バスターは、大はしゃぎでローズのまわりを飛びはねた。タイガーは少々もったいぶって、ひとまず前足をなめてからローズにすり寄《よ》って何度もぐるぐるまわりを回り、ローズの足に頭をこすりつけた。

ジャックは、バージの甲板《かんぱん》から、再会《さいかい》を喜ぶ三匹《びき》の仲間をながめていた。トリップに船に残ってほしい、心からそう願っていたけれど、呼《よ》んだり止めたりしようとはしなかった。

ローズは森のなかへ消える前に船のほうをふり向き、ジャックはバイバイと手をふった。もう戻《もど》ってはこないとわかったのだ。

目を覚ましたアルフレッドがたずねた。「トリップはどうした？」

ジャックはトリップが行ってしまったと告げ、さっき見たことを話した。

「あいつを待ってるやつがいたんだな」アルフレッドの言葉にジャックはうなずいた。

ジャックはブルーベルに朝ごはんを食べさせながら、首をさすってやった。「あのときおまえが引き船道で足を止めなかったら、いまごろトリップは生きてなかったよ。おまえはいい馬だ、本当にいい馬だ」

ジャックはブルーベルをバージにつなぎ、アルフレッドがもやい綱《づな》をはずした。

「さて出発だぞ、ブルーベル！」ジャックは言い、バージはまた水路を進み始めた。

第十六章　海辺の三匹《びき》

ロンドンのマイケルは、秘密《ひみつ》の地下室へ連れていくペットの数を抑《おさ》えようとしたが、だれを助けてだれを助けないと選ぶのはひどくむずかしかった。助けないと生きのびられない動物だけにしようかとも思ったが、意味がない。どんな動物だろうと、毎日エサがもらえて、乾《かわ》いた寝場所《ねばしょ》があるほうがいいに決まっているのだ。

地下室へ行くたび、マイケルは自分が正しいことをしていると確信《かくしん》した。外へ通じる塀《へい》の穴《あな》はふさいだが、地下へ行くはね扉《とびら》は開けたままで、動物たちがいつでも出入りできるようにした。

子猫《こねこ》たちはずいぶん大きくなり、元気いっぱいだ。マイケルが行くと競争で駆《か》けてきて、今日のごはんはなにかとのぞきこむ。

子猫《こねこ》と母猫《ははねこ》のほかに、黄色いラブラドルレトリーバーの老犬一匹《ぴき》、雑種《ざっしゅ》の子犬二匹《ひき》、イングリッシュシープドッグの老犬一匹《ぴき》、シャム猫《ねこ》一匹《ぴき》、トラ猫《ねこ》が一匹《ぴき》に黒猫《くろねこ》が三匹《びき》――うち一匹《ぴき》は目が見えず、あとの二匹《ひき》が世話をしている――、マイケルはどの動物も心から好きだった。マイケルは貯《た》めていたお小遣《こづか》いを使って商店街の肉屋で肉を買い、ビスケットやオート麦や米と混《ま》ぜたエサをやっていた。地下室のことはだれにも話すつもりはない。けれどもマイケルは、このままではじきに食べ物を買うお金がつきるという現実的《げんじつてき》な問題に直面していた。父さんにも〈ナルパック〉にも助けてはもらえない。けれども動物が育って、元気になればなるほど食べ物が必要となる。マイケルは地下室の動物たちを見回しながら考えた。

お金がなくなったら、いったいどうすればいい？

＊＊＊

ローズの鋭《するど》い嗅覚《きゅうかく》が、海のにおいを嗅《か》ぎ取《と》った。塩辛《しおから》いそのにおいは、なつかしいふるさとと、羊が草を食《は》む丘に風が海の香《かお》りを運んでくる朝を思い出させた。

バスターとタイガーも、ローズについて干潟《ひがた》へやってきた。しばらく歩いて、軟《やわ》らかい湿《しめ》った砂《すな》の上を歩くのにも慣《な》れた。喉《のど》がかわいていたバスターは潮《しお》だまりの水をがぶがぶ飲んだ。タイガーはひと口だけ舌《した》ですくって二度と飲もうとしなかったけれども、バスターはかまわず飲み続け、けっきょくは吐《は》いてしまった。

干潟《ひがた》には、引《ひ》き潮《しお》に取り残された魚やカニがたくさんいる、ご馳走《ちそう》の宝庫《ほうこ》だ。最初にカニを見つけたのはバスターだった。飛びかかると、カニはあわてて砂《すな》に穴《あな》を掘《ほ》り、隠《かく》れてしまった。

バスターは二匹目《ひきめ》を見つけてまた飛びかかり、今度は隠《かく》れようとするカニのすぐ後ろに穴《あな》を掘《ほ》った。カニが逃《に》げようとするたび、ひっきりなしにしっぽをふってほえたてる。

タイガーは、エビやカニや小魚をねらう野鳥に忍《しの》び寄《よ》った。コクガンの群《む》れがタイガーに気づいて空へ飛びたった。

ローズも海のご馳走《ちそう》にありついた。ただしバスターとはちがって、獲物《えもの》にほえたりはしない――そもそもローズは、普段《ふだん》からほとんどほえなかった。そして何度も空気のにおいを嗅《か》いでは、ふるさとへの道を教わるかのように、風と波の音に耳をかたむけた。

波打ちぎわに出ると、波間に浮《う》かぶアザラシが見えた。バスターはさっそく海のなかへ駆《か》けていくと、アザラシといっしょになって打《う》ち寄《よ》せる波とたわむれ、しぶきを追いかけた。体がすっかり冷え切るまで遊ぶと、ようやく水からあがり、疲《つか》れ切《き》って寒さに震《ふる》えながら、ほかの二匹《ひき》のもとへ戻《もど》った。するとアザラシも別の遊び相手を探《さが》しに泳いでいってしまった。

その夜、三匹《びき》は古い漁船の近くで休んだ。そこは漁港で、翌朝《よくあさ》早く漁師《りょうし》たちが水揚《みずあ》げした魚を手に浜《はま》へ帰ってきた。

厚《あつ》かましいタイガーは、売り物の魚を失敬《しっけい》しようとして漁師《りょうし》につかまったが、しかられもせず、魚の頭をもらった。

「わかったよ、猫《ねこ》どん、ほら、こいつをやろう」

ところがタイガーを真似《まね》して魚に飛びつこうとしたバスターは、つかまってしまった。

「つかまえたぞ！」漁師《りょうし》はバスターの首輪をつかんでぶらさげた。バスターは体をよじったりもがいたり、短い足を死《し》にもの狂《ぐる》いでばたばたさせるが、逃《に》げようがない。

するとタイガーがフギャーッと威嚇《いかく》し、ローズも歯をむきだしてうなり声をあげ、ほえながら漁師《りょうし》のまわりを飛びはねた。漁師《りょうし》は突然《とつぜん》の騒《さわ》ぎに驚《おどろ》いて、バスターを落とした。

バスターは地面に背中《せなか》を打ちつけたものの次の瞬間《しゅんかん》にははね起き、二匹《ひき》を追って海岸を全速力で駆《か》けだした。

「くそったれが！」漁師《りょうし》は怒《おこ》り、近くにいた仲間たちが笑った。

「つかまえるのは魚だけにしとくこった！」ひとりがからかう。

用心深いローズは人間に近寄《ちかよ》らないよう、ほかの二匹《ひき》以上に気をつけて、港に残された魚の内臓《ないぞう》やくずをあさった。そのうちにバスターもローズをまねて、見つけたものに駆《か》け寄《よ》る前に、だれもいないかどうかをたしかめるようになった。

こうして三匹《びき》は海岸沿《ぞ》いに旅を続け、残飯をあさり、獲物《えもの》を狩《か》り、安全で乾《かわ》いた場所を見つけては寝《ね》た。

すぐれた聴力《ちょうりょく》を持つローズとバスターは、ときたまカの羽音のようなかすかな音を聞きつけた。それはじょじょに大きくなり、けたたましい轟音《ごうおん》となる。三匹《びき》が南部の海岸線を進んでいくと、その音がしょっちゅう聞こえてくるようになった。それは巡回中《じゅんかいちゅう》の英国空軍の飛行機で、動物たちはその音を聞くたび、おびえて逃《に》げだした。

しばらく行くと、海岸にいるのは、鉄条網《てつじょうもう》で浜《はま》を立ち入り禁止《きんし》にして封鎖《ふうさ》している兵士だけになった。

兵士たちはローズとバスターとタイガーを見ると、怒鳴《どな》ったり石を投げたりした。

「海岸から出ていけ！　バカな動物め……」

「ふっ飛ばされるぞ」

三匹《びき》はどうして追いはらわれるのかわからないまま逃《に》げて、鉄条網《てつじょうもう》と海岸から離《はな》れ、内陸へ向かった。

＊＊＊

空軍基地の鳩舎担当官《きゅうしゃたんとうかん》ジムは、自分が世話をしている鳩《はと》のことを一から十まで知りつくし、それを誇《ほこ》りに思っていた。ほかの人にはほとんどわからない一羽一羽の個性《こせい》を理解《りかい》し、自分の子どもを見分けるように、鳩《はと》を見分けることができるのだ。

ジムの目は、鳩《はと》の見た目だけでなく性格《せいかく》のちがいも見抜《みぬ》いていた。エサの食べ方ひとつとっても、これが最後の食事だとでもいうようにガツガツ食べる鳩《はと》がいるかと思えば、ゆっくり食べる鳩《はと》もいて、好きな寝場所《ねばしょ》や姿勢《しせい》もちがう。そして鳩《はと》は一旦夫婦《いったんふうふ》になると、一生そいとげるのだ。

鳩《はと》をよく観察しているジムには、お気に入りがいた。いちばんはリリーだ。リリーは話しかけられると、首を片方《かたほう》にかしげてジムを見つめる。この羽根でおおわれた小さな生き物は、自分の話す言葉をすべて理解《りかい》している――ジムは心からそう信じていたが、空軍基地《きち》のほかの者に言いはしなかった。そんなことをすれば、ついにイカレたと思われるにちがいない！

やがてリリーは、優秀《ゆうしゅう》な成績《せいせき》で訓練飛行を終えた。リリーは飛ぶスピードも速いが、ヘラクレスにはかなわない。ヘラクレスはこれまでジムが育てた鳩《はと》のなかでも、いちばん速い。

リリーがはじめて飛行機に乗る日が近づいてきた。ジムは、リリーが任務《にんむ》で死んだり帰還《きかん》できなくなったりするかもしれないと思うと、心配でたまらなかった。ジョー・ローソンは若《わか》いが、鳩《はと》のことをよくわかっているし、ウィリアム・エドワーズも信頼《しんらい》できる男だ。そこでジムは、リリーの初飛行に、ふたりが乗るブレニウム機を選んだ。長い任務《にんむ》にはならない予定だ。海を越《こ》えて、フランス上空までの短い偵察《ていさつ》飛行。

ジョーはパラシュートの帯に伝書鳩《でんしょばと》を入れた袋《ふくろ》をつけ、なにか問題が起こったときには鳩《はと》の足にメッセージをつけて基地《きち》へ送り返すことになっていた。任務《にんむ》には二羽の鳩《はと》を連れていく。

これまで一切問題はなく、今回も不安はなかった。初任務のリリーとペアを組むのは、ベテランの鳩《はと》でなければならない。ジムは考え抜《かんがぬ》いた末に、だれよりも速く飛ぶヘラクレスを選んだ。

「リリーのめんどうを見て、無事に帰ってくるんだぞ、わかったかい？」

ジムは二羽にトウモロコシをやると、ブレニウム機へ連れていった。

「よろしく頼《たの》むよ」ジムはジョーに言った。

「わかってます。心配いりませんよ」ジョーがにやりと笑った。

ジムは機関士が格納庫《かくのうこ》から機体を出し、ウィリアムと乗員たちが乗りこむのを見守っていた。

ウィリアムが操縦《そうじゅう》するブレニウム機が滑走路《かっそうろ》を走り、すみ切った冬空へ飛びあがっていく。

ジムは飛行機が視界《しかい》から消えるまで見送ると鳩舎《きゅうしゃ》へ戻《もど》り、いつも以上に濃《こ》い紅茶《こうちゃ》をいれた。

狭《せま》いコックピットのなかで、ウィリアムは進路を南部の海岸へ向けた。

機内はいつも凍《こご》える寒さだが、今日の寒さは格別《かくべつ》だ。それでもありがたいことに雪がやんで、視界《しかい》は良好。空は真っ青に晴《は》れ渡《わた》り、地平線には白い雲が浮《う》かんでいる。偵察《ていさつ》飛行にはうってつけの日だ。

「異常《いじょう》ないか？」ウィリアムは無線でたずねた。

「異常《いじょう》ありません」割《わ》れた声が答えた。

機体後部ではジョーの胸元《むなもと》に、リリーとヘラクレスが大切に入れられていた。

「さあ、どんどん昇《のぼ》るぞ！」ジョーは鳩《はと》たちに言った。リリーは不思議そうにジョーを見返してまばたきした。

ウィリアムの操縦《そうじゅう》するブレニウム機はフランスへ向け、陸地を離《はな》れて波立つ海上にさしかかった。これまで何度もやってきた任務《にんむ》だ。ところがそのとき、ドイツのメッサーシュミット機がこちらへ向かってくるのが見えた。通常《つうじょう》の偵察《ていさつ》飛行で敵機《てっき》と遭遇《そうぐう》するなど、完全に想定外だ。なぜこんなところに敵機《てっき》が？

「大尉殿《たいいどの》……」無線の声がかすれた。

「確認《かくにん》した」ウィリアムはマイクに向かって言った。

メッサーシュミット機は時速五四〇キロのスピードでまっしぐらに接近《せっきん》し、すでに危険《きけん》な距離《きょり》に近づいている。

ウィリアムはとっさに機体の高度を下げた。無防備《むぼうび》な腹部《ふくぶ》を攻撃《こうげき》されては一巻《かん》の終わりだ。すばやい判断《はんだん》のおかげで、ドイツ機が下に回る心配はなくなったが、敵機《てっき》はすぐさま機関銃《きかんじゅう》の猛攻撃《もうこうげき》をしかけてきた。機関銃《きかんじゅう》はブレニウム機の水平尾翼《びよく》を撃《う》ち抜《ぬ》いて、操縦《そうじゅう》ケーブルを切断《せつだん》、翼《つばさ》も銃弾《じゅうだん》を受け、機体は急降下《きゅうこうか》を始めた。

「緊急脱出《きんきゅうだっしゅつ》せよ！」ウィリアムはマイクに叫《さけ》んだ。「緊急脱出《きんきゅうだっしゅつ》せよ！」

＊＊＊

マイケルが、秘密《ひみつ》の動物救助センターのことを父親に言いだせずにいるうちに、保護《ほご》したペットの数は日増《ひま》しに増えていった。一度保護したら、たとえ一匹《ぴき》たりとも追いだすことはできない。それはそのまま、死を意味するのだ。マイケルにはどうしてもできなかった。

「今日はなにを持ってくかい？」赤ら顔の肉屋さんがたずねた。マイケルは常連客《じょうれんきゃく》となっていた。

マイケルは誕生日《たんじょうび》やクリスマスにもらったお小遣《こづか》いの、最後のコインを数枚《すうまい》見せた。

「よっしゃ」

肉屋は店の裏《うら》から、骨《ほね》の入った袋《ふくろ》を取ってきた。「ソーセージと、売れ残りの肉も少し入れといたよ」

「ありがとう」マイケルはお金を出した。

「今日はおごりだよ。おれも子どものころ犬を飼《か》ってた。セイラーって名前でな――どうしてそんな名前にしたかは忘《わす》れちまったけど。おれのあとをどこへでもついてきたもんだ。死んじまったときは、そりゃあ悲しかったな」

「わかります」とマイケルが言った。

肉屋はうなずいた。「いろいろ言うやつらもいるけど、おれはおまえさんたちのしてることは正しいと思うよ」

骨《ほね》の入った袋《ふくろ》をもらってマイケルが外へ出ると、店のドアにつるしたベルがチリンと鳴った。分厚《ぶあつ》い板をどかして塀《へい》の穴《あな》をくぐるあいだも、マイケルは親切な肉屋のことを思い出して、思わず頬《ほお》をゆるませた。

ところが今日はなにかが変だ。いつもなら、少なくとも一、二匹《ひき》の動物が中庭にいるのに……。マイケルは進むにつれて、みぞおちのあたりが絞《し》めつけられるように不安がこみあげてきた。

静かだ——静かすぎる。

くさびをはさんで開けておいたはずのはね扉《とびら》が閉《し》まっている。マイケルは地下室の入り口へ駆《か》け寄《よ》り、怖《こわ》くてたまらない気持ちをおさえて扉《とびら》を開けた。

「ウソだ！」

ペットたちは一匹《ぴき》残らず消えていた。ワゴン車のエンジン音がして、マイケルが家の前へ走っていくと、〈ナルパック〉の車がちょうど走り去るところだった。マイケルは心臓《しんぞう》が破《やぶ》れそうになるまで、必死にワゴン車のあとを追いかけた。でも、追いつけない。

「待って！」マイケルはあえぎながら叫《さけ》んだ。

けれどワゴン車は止まらなかった。そしてマイケルの動物たちを乗せたまま、遠くへ消えてしまった。

第十七章　バスターがつかまった！

学校へ行かなくなったロバートは、毎日フォスターさんの農場を手伝った。いちばん好きな仕事は、羊を放牧している荒野《こうや》へ行くことだ。フォスターさんはよくモリーとロバートを連れていき、羊飼《ひつじか》いが牧羊犬に使うコマンド（牧羊犬などへ命令する言葉）を教えてくれた。ロバートは優秀《ゆうしゅう》な生徒だったが、モリーはお世辞にも優秀《ゆうしゅう》ではなかった。

おじいちゃんと放牧場へ行ったときに聞いた覚えのあるコマンドもあった。「カムバイ」は羊のまわりを時計回りの方向に走って誘導《ゆうどう》するコマンドだ。「アウェイ・トゥミー」は逆回《ぎゃくまわ》りに動くときに使う。

「おじいちゃんはホイッスルを使ってたけど」

ロバートの言葉に、フォスターさんはうなずいたが、浮《う》かない顔をしている。

「モリーが基本《きほん》のコマンドを覚えたら、ホイッスルも使うつもりだが」

どうやらモリーの最大の問題点は、羊にまるで興味《きょうみ》がなく、群《む》れを集める気もまったくないということのようだ。

群《む》れを集める本能《ほんのう》が欠けているモリーは、ロバートが投げるボールを追って走るほうがずっと好きだった。しっぽをひっきりなしにふりながらボールを追い、取ってきたとたん、もう一度投げて、と目でうったえる。

「どう見ても、こいつには牧羊犬の素質《そしつ》がないな」フォスターさんはあきらめたように言った。

「モリーをどうするつもりですか?」とロバートがたずねた。田舎《いなか》の動物には仕事がある。町のようにペットとして飼《か》われている動物などいない。そもそも、暮《く》らしにそんなよゆうのある家は少なかった。デヴォンの犬は働かなくてはならないのだ。それなのにモリーには、生まれつき牧羊犬の才能《さいのう》がない。

フォスターさんが答えた。

「いまはなんにも考えてないよ。まずは戦争が終わるのが先だ。クリスマスにはけりがついて、なにもかももとどおりになるといいが。考えるのはそれからだな」

ロバートはモリーがこれからどうなるのか、不安だった。デヴォンの村にモリーをほしがる人がいるとは思えない。

ロバートは荒野《こうや》で何時間もかけて、モリーに牧羊犬の訓練をしてみた。けれどもモリーの興味《きょうみ》があるのは、ボールを追いかけることだけだった。

観察すればするほど、モリーは牧羊犬に必要な、ごくかんたんな仕事さえできないことがわかった。ローズはおじいちゃんに言われたことを完璧《かんぺき》に、しかも喜んでこなしていた牧羊犬の鑑《かがみ》のような犬だ。いけないいとは思いつつ、つい比《くら》べてしまう。

ここにローズがいて、ほんの少しでもモリーに教えてくれたら！

＊＊＊

三匹《びき》は銃声《じゅうせい》で目を覚ました。

一日じゅう狩《か》りをした翌日《よくじつ》、ローズとバスターとタイガーは北へ向かって、巨大《きょだい》な石が並《なら》ぶ（ストーンヘンジと呼ばれる環の形に並んだ巨大な石柱）開けた場所に出た。歩き続けてくたくたになり、足も疲《つか》れ切《き》っていたため、三匹《びき》は奇妙《きみょう》な石の横に落ち着くと、ぐっすり寝入《ねい》ってしまった。満月がその姿《すがた》を見守っている。

ところが今度は突然《とつぜん》の銃声《じゅうせい》に加え、けたたましい轟音《ごうおん》まで聞こえてきた。巨大《きょだい》な鉄の塊《かたまり》が向かってくる！　それを見た動物にできることはただひとつ、逃《に》げるのみだ。

ソールズベリー平野（英国南西部の平野）で軍事演習《えんしゅう》を指揮《しき》していたフーパー軍曹《ぐんそう》は、逃《に》げていくジャックラッセル犬に目をとめた。

「あの犬をつかまえろ！」フーパー軍曹《ぐんそう》は戦車の上から、ふたりの兵士に命令した。そして、どちらもやる気がなさそうだと見てとると、「つかまえるまで隊に戻《もど》るな！」とつけ加えた。

「ですが軍曹《ぐんそう》――」

フーパー軍曹《ぐんそう》は、どんなに時間がかかっても命令を実行しろ、とにらみつけた。

「了解《りょうかい》!」

「風向きはこちらに有利だ。これまでに習った追跡技能《ついせきぎのう》を駆使《くし》して任務《にんむ》にあたれ」

「了解《りょうかい》!」

バスターとタイガーとローズは、しばらく走って恐《おそ》ろしい鉄のけだものをふり切った。それでも三匹《びき》は、疲《つか》れて走れなくなるまでなおも足を止めなかった。

小川で冷たい水をゆっくり飲んで休むと、さっきの恐怖《きょうふ》はすっかり消えさった。そうなると、今度はお腹《なか》がすいてきた。三匹《びき》は森のなかでシカを追ったが、相手の足のほうが速く、茂《しげ》みに隠《かく》れて見失ってしまった。

次にバスターがウサギのにおいを嗅《か》ぎつけ、しつこく追いかけた。タイガーはウサギの巣穴《すあな》に入るのが嫌《きら》いだし、ローズは、体が大きすぎて入れない。けれどもバスターは迷《まよ》うことなく巣穴《すあな》に入っていった……とはいえかなり窮屈《きゅうくつ》だったが。ウサギ狩《が》りは、ジャックラッセル犬の本能《ほんのう》だ。

とにかくウサギをつかまえたい、つかまえるまで戻《もど》らないぞ。

そのとき、兵士たちが近づいてくる物音を聞きつけて、タイガーは木の枝《えだ》に飛び乗ると上へ上へと登っていき、ローズは茂《しげ》みのなかにふせて体を隠《かく》した。

兵士の声がする。

「絶対《ぜったい》にこっちへ来たはずだ」

けれどもバスターは巣穴《すあな》のなかにいて、兵士が来たことに気づかなかった。ウサギはすぐそこだと、においが告げている。ところがおびえたウサギが、複雑《ふくざつ》に入り組んだトンネルの入り口のひとつから外に飛びだし、数秒後にはバスターも巣穴《すあな》の外へ頭を出した。

そのとたん、兵士がバスターをつかんだ。

「つかまえたぞ！」

バスターはもがいて逃《に》げようとしたが、がっちりとつかんだ手はゆるまない。

タイガーとローズは兵士に見つからないように、体を精《せい》いっぱい低くして、そのようすを見守っていた。

兵士の姿《すがた》がようやく見えなくなったとき、恐《おそ》ろしい銃声《じゅうせい》が一発鳴《な》り響《ひび》いた。

＊　＊　＊

戦争中で灯火管制《とうかかんせい》が敷《し》かれているため、ガイ・フォークスの夜祭（一六〇五年十一月五日、ガイ・フォークスらによる国王暗殺が阻止されたことを記念するお祭り。夜にはかがり火をたいたり、花火を上げたりする）のかがり火は当然中止されている。けれども日中に、生徒たちのためのパーティが村の集会場で開かれた。

ルーシーとチャーリーがパーティを楽しんでいると、おばあちゃんが寝巻《ねまき》に部屋ばきという格好《かっこう》で会場へ現《あらわ》れた。

意地悪ジェーンはおばあちゃんを指さしてばかにしたように笑った。「あの人、頭おかしいんじゃない？」

「うちのおばあちゃんをそんな風に言わないで！」ルーシーがきっぱり言った。

ルーシーもおばあちゃんのことを心配してはいたけれど、他人にどうこう言われたくはない。「ああいうのって、遺伝《いでん》するんだって！」と、ジェーンは友だちとにやにやしている。けれど怒《いか》りに燃《も》えるルーシーの顔を見ると、それ以上なにも言わなかった。

「おばあちゃん、大丈夫《だいじょうぶ》？」ルーシーは声をかけたものの、どう見ても大丈夫《だいじょうぶ》とはいえそうにない。

ルーシーはおばあちゃんを椅子《いす》にすわらせると、紅茶《こうちゃ》とケーキを持ってきてあげた。会場の全員がじろじろ見ている。

おばあちゃんは紅茶《こうちゃ》をひと口飲んだ。ひどく混乱《こんらん》しているようで、ルーシーがだれかも、ここがどこなのかもわからないようすだ。

おばあちゃんがルーシーにたずねた。

「うちのバーティを見なかった？　見あたらないのよ。うちの人にしかられちゃうわ。あの子のこと、目に入れても痛《いた》くないほどかわいがってるから」

バーティ伯父《おじ》さんのことを言っているのだ。

「見かけたら、うちへ帰るように言ってくれない？　ごはんが冷めちゃうから」

ルーシーは答えた。

「はい、伝えます」

なんとかおばあちゃんを家へ連れて帰らないと。ルーシーはチャーリーに声をかけた。

「行こう、もう帰るよ」

チャーリーはパーティの途中《とちゅう》で帰るのがいやで、ふくれっ面《つら》をしている。口をとがらせながら会場を出た。

「ぼく、おっきくなったら、なんでも自分の好きにして、ほかの人の言うことなんか聞くもんか。それから兵隊さんになるんだ。バン、バン、バン、バン！」

すると突然《とつぜん》、おばあちゃんがチャーリーの肩《かた》をつかんで激《はげ》しくゆすった。

「そんなのだめだよ！」

「だけど――」チャーリーはあっけにとられている。

おばあちゃんは、もう一度チャーリーをゆさぶった。細い指が肩《かた》に食いこむ。「戦争には行っちゃいけない。絶対《ぜったい》だめだからね」

ルーシーはおばあちゃんをチャーリーから引《ひ》き離《はな》そうとしたが、「チャーリーが痛《いた》がってるよ」と言っても、手を放さない。

「おばあちゃん、いい加減《かげん》放してあげて。戦争になんか行かないよ。小さい子どもなんだから」

するとおばあちゃんは、ようやくチャーリーから手を放した。

チャーリーは痛《いた》い目に合わされたことに腹《はら》を立て、自由になったとたんにありったけの大声で「バン、バン、バン！」と叫《さけ》んで逃《に》げていった。

ルーシーが言った。

「さあおばあちゃん、うちへ帰ろう」

ルーシーに連れられて家に入ると、おばあちゃんはキッチンの椅子《いす》にすわりこんで泣きだした。ルーシーはすっかり困《こま》りはててしまった。デヴォンへ来て以来、おばあちゃんはまるで別人のようだった。けれども今、こうして泣いている姿《すがた》を見ると、ルーシーはおばあちゃんへのもやもやした気持ちもなくなって、おばあちゃんの手を握《にぎ》って言った。

「大丈夫《だいじょうぶ》だから……きっと大丈夫《だいじょうぶ》」

けれどもおばあちゃんには、その言葉も聞こえていないようだった。

ロバートが母さんへの手紙を書き終え、フォスターさんの奥《おく》さんもチャーリーのお母さんに、チャーリーの元気なようすを伝える手紙を書き終えたところへ、チャーリーが走って帰ってきた。

ロバートがチャーリーにたずねた。

「どうかした？」

チャーリーは口をぱくぱくさせたが、声が出ない。

ロバートは、チャーリーはやっぱりおかしなやつだと思った。

奥《おく》さんが言った。

「急げば今日の最終便に間に合うわ」

「ぼくが持ってく！」チャーリーはふたりの手紙をひったくると、玄関《げんかん》から駆《か》けだしていった。

少し遅《おく》れて戻《もど》ってきたルーシーは、帰るなり、ロバートにささやいた。

「おばあちゃんのこと、どうにかしなきゃ」そして、その日のできごとを話した。

けれどもロバートはルーシーの先回りをしていた。母さんへの手紙で、おばあちゃんのためになにをすればよいかたずねたのだ。

翌日《よくじつ》、おばあちゃんがフォスターさんの農場へやってきた。

「チャーリー・ウィルクスさんはいるかい？」

チャーリーは、また体をゆさぶられたり、つねられたりしないといいな、と思った。

おばあちゃんは、チャーリーを見ると言った。

「悪かったよ」

「なにが?」チャーリーがたずねた。

「あんなふうにゆすったりして」

チャーリーは、ほんとだよ、とうなずいた。「つねったのもね。痛《いた》かったんだから」

「怖《こわ》かったんだよ」おばあちゃんが言った。

「怖《こわ》かった?」チャーリーは、おばあちゃんがまちがえていると思った。怖《こわ》かったのはぼくなのに。「なにが?」

「あんたが戦争へ行って、殺されちゃうんじゃないかってね。うちの息子みたいに」

「そっか」チャーリーにもようやくわけがわかった。「それで、ぼくのこと守ろうとしたの?」

「そうさ。さてと、ここで一日じゅうぼんやりしてるわけにはいかないよ、あたしゃ、仕事があるんだ」

「穴掘《あなほ》りの?」とチャーリーがたずねた。

おばあちゃんは、なんておかしなことを言う子だろう、という目でチャーリーを見た。「穴《あな》掘《ほ》り?　いったいなんの話だい?」

＊　＊　＊

バスターが兵士につかまり、銃声《じゅうせい》が聞こえてからずいぶん長い時間、ローズとタイガーは身動きひとつしなかった。

二匹《ひき》は明け方になって、ようやく森を出ると、羊を乗せて市場へ向かう農夫のワゴンにこっそり乗りこんだ。そのしばらくあとで、今度は魚を積んだトラックの荷台に乗り換《のか》えた。二匹《ひき》が降《お》りたときには、魚が二匹《ひき》消えていた。

ローズとタイガーはこうして旅を続けたが、なにもかもがこれまでとちがう。新しいにおいを嗅《か》ぐとすぐに駆《か》けだすバスターと、あの、ひっきりなしに動くしっぽがないと、旅はなんとも味気《あじけ》なかった。

タイガーは通りで見かけたジャックラッセル犬を追いかけたが、バスターではなく、がっかりした。タイガーはすごすごとローズのもとへ帰ったが、鼻のいいローズは、それが自分たちの友だちではないと、とっくに気づいていた。その犬からは、海やウサギやソールズベリー平野での冒険《ぼうけん》のにおいがしなかった。

けれどもローズは新しいにおいを嗅《か》ぎつけた。はじめのうちはあまりにもかすかではっきりしなかったが、そのにおいは次第に強くなり、ついには無視《むし》できなくなった。羊とムーア・ポニーとレッド・ルビー牛、そしてヒースのにおい。――それはふるさとのにおいだった。

第十八章　ロンドンからの客

ルーシーはタイガーたち三匹《びき》を預《あず》けたエルシーさんへ、もう六通も手紙を出していたが、まだ返事が来ない。そこで、手紙が届《とど》いていないかどうか、郵便局《ゆうびんきょく》へききにいくことにした。

郵便局《ゆうびんきょく》は村の食品や雑貨《ざっか》の売店を兼《か》ねていて、品物がいまにもあふれだしそうなほどいっぱいで、いつもとても混《こ》んでいた。そこは買い物をするだけでなく、最新のうわさ話を仕入れる場でもあった。

お菓子《かし》や石鹸《せっけん》の並《なら》ぶ狭《せま》い通路で、ルーシーは甘草《かんぞう》入りキャンディとバタースコッチ・キャンディとアニシードボール・キャンディ（アニスの実の香りのあめ）のどれを買おうかと迷《まよ》いながら、まわりの人の話に耳をすましました。

村人のひとりが言った。

「だからさ、子どもを迎《むか》えにくるのも無理はないよ。ロンドンに爆弾《ばくだん》が落ちたわけじゃなし」

疎開《そかい》児童の親らしい男の人が言った。

「いまいましい。空襲《くうしゅう》があるなんてうそっぱちじゃないか。おれはうちの娘《むすめ》を連れて帰るぞ……」

そしてまた、別の村人が言った。

「クリスマス前には、疎開《そかい》っ子は全員ロンドンへ帰るだろうよ、まあ見ててごらん」

ルーシーはロバートに店で聞いたことを伝えようと、家まで駆《か》けて帰った。

「こんなことならロンドンを離《はな》れることもなかったし、三匹《びき》をハリスさんちに預《あず》けなくてもよかったのに……」ルーシーがあえぎながら言って、お菓子《かし》の紙袋《かみぶくろ》をロバートにさしした。

ロバートは紙袋《かみぶくろ》からアニシードボール・キャンディを取った。

「まあ、悪いことばっかとはかぎらないさ」

ルーシーはロバートが言った意味がわからなかった。

「ぼくたちもクリスマスには家へ帰れるかも知れない、ってことだよ」とロバートが笑った。

次の日、ジェーンは学校に来なかった。ルーシーはいつもジェーンの隣《となり》にすわっているエイミーにたずねた。

「ジェーンは？　具合でも悪いの？」

「お父さんが迎《むか》えにきて、家に帰ったわ」とエイミーが答えた。

「へえ……」ルーシーはそう言いながら、本当は大喜びで叫《さけ》び声《ごえ》をあげ、教室じゅうを踊《おど》りまわりたい気分だった。「じゃあ、もう会えないんだね」これで、もう意地悪されずにすむ。

エイミーは、休み時間もひとりぼっちで、しょんぼりしていた。そのため、ルーシーはエイミーといっしょに過《す》ごすようになり、その週が終わるころには、教室でも隣《となり》同士にすわる大の仲よしとなった。

＊　＊　＊

チャーリーのお母さんがフォスターさんの手紙を受け取った日、ヘレンにもロバートからの手紙が届《とど》いた。そこにはおばあちゃんの詳《くわ》しいようすと、ロバートとルーシーが心配していることが記《しる》されていた。ヘレンはすぐさま船上病院のシルビア婦長《ふちょう》に手紙を見せた。

ヘレンはシルビア婦長《ふちょう》が好きだった。看護婦《かんごふ》として務《つと》めてきた十五年間、数多くの婦長《ふちょう》のもとで働いてきたが、シルビアは最もすばらしい婦長《ふちょう》のひとりだ。

部下たちをうまく使って、やるべきことはすべて——場合によってはそれ以上の仕事をさせながらも、ちゃんとやりとげることができるよう、配慮《はいりょ》することも忘《わす》れない。いつもにこやかな笑顔でいるわけではないし、看護婦《かんごふ》たちと気軽におしゃべりをすることもないが、ヘレンはシルビア婦長《ふちょう》を心から信頼《しんらい》していた。

ヘレンは机《つくえ》の前に立って、婦長《ふちょう》がロバートからの手紙を読み終えるのを待った。

「どうすればいいか、わからなくて……」

読み終えた婦長《ふちょう》は手紙から目をあげた。

「ヘレン、それ、本気で言ってるの？　やるべきことは、はっきりしていると思うけど」

そのころ、チャーリーのお母さんも手紙を読んでいた。チャーリーがさびしがっているのと同じくらい――ことによるとそれ以上に、お母さんもチャーリーに会えなくて辛《つら》かった。チャーリーのいないクリスマスなんて、クリスマスとはいえない、と何度も考えていたところだ。デヴォン州での里親となったフォスターさんの奥《おく》さんは、いつも気を配ってチャーリーのようすをあれこれ手紙に書いてきてくれる。それでも小さいチャーリーがいないことには変わりない。

そしてその日、手紙が届《とど》くと、チャーリーのお母さんは息子を連《つ》れ戻《もど》そうと心を決め、デヴォン行きの汽車の切符《きっぷ》を予約した。封筒《ふうとう》の裏《うら》にチャーリーが直筆《じきひつ》で添《そ》え書きをしていたのだ。


ヘレンとチャーリーのお母さんは、翌日《よくじつ》デヴォンに着いた。

農場に着いたヘレンは、ひどくやつれたおばあちゃんの姿《すがた》に目を疑《うたが》った。すっかりやせ細って、変わり果てている。そのことに気がつかなかった自分を責《せ》めた。

母がこんなにも衰《おとろ》えていることに、父の葬儀《そうぎ》のとき、なぜ気づかなかったのだろう？　どうしてロバートとルーシーの世話を頼《たの》めるなどと考えたのだろう？

ヘレンは、おばあちゃんにあやまった。

「ごめんなさい……」それは心からの言葉だった。

おばあちゃんはさらりとかわした。「あんたはこうして来てくれた。それだけで十分だよ。バーティに会いたい……」

「ああ、母さん」ヘレンはそう言っておばあちゃんの手を握《にぎ》った。

バーティが前線で戦死したという知らせが届《とど》いたのは、二十年以上前の一九一七年——そのとき、ヘレンはまだルーシーくらいの年だった。知らせを聞いたときの、おばあちゃんの人間の声とは思えない恐《おそ》ろしい悲鳴と、泣《な》き崩《くず》れた姿《すがた》が、いまでも忘《わす》れられない。ヘレンもまた、幼《おさな》いながら兄の死に恐怖《きょうふ》を覚え、何度も繰《く》り返《かえ》し悪夢《あくむ》にうなされた。大人になったヘレンは、戦争を生きのびた多くの兵士も、亡《な》くなった者と同じくらい苦しんでいることを知った。大戦《たいせん》が終わって故郷《こきょう》へ帰った何千もの兵士が、心に病《やまい》を抱《かか》えていた。ヘレンは、病院で研修《けんしゅう》を受けたときにそうした兵士たちの姿《すがた》を見た。前線に掘《ほ》った塹壕《ざんごう》のなかで恐怖《きょうふ》におびえるみじめな毎日を送り、友人の死を目の当たりにし、いざ戦いとなれば自分が死ぬか相手が死ぬかのどちらかだ。そんな体験をきれいさっぱり忘《わす》れてもとの生活に戻《もど》るのが、たやすいはずはない。

ヘレンはあれこれ考えるのはやめて気をまぎらわそうと、旅行カバンの荷ほどきに精《せい》を出した。なかからは、ウィリアムの部屋ばきも出てきた。母さんは夫の荷物に入《い》れ忘《わす》れた部屋ばきをどうしても家に残しておけなかったのだ。バカね、と自分をしかりながら部屋ばきを抱《だ》きしめ、ヘレンはどうかこの戦争が早く終わって、家族がまたいっしょになれますようにと願った。

＊　＊　＊

ノックの音に玄関《げんかん》のドアを開けたフォスターさんの奥《おく》さんは、目の前に立つ、町のあか抜《ぬ》けた服を着た青白い顔色の女の人に驚《おどろ》いた。でも、なんだか見覚えのある顔だ。

「なんのご用でしょう？」

女の人は言った。

「うちのチャーリーを連《つ》れ戻《もど》しにきました」

「ああ、チャーリーの……」見たことがあると思ったはずだ、チャーリーのお母さんかお姉さんにちがいない。「ほんとにかわいいお子さんで――」

けれども女の人は、奥《おく》さんの言葉の途中《とちゅう》で言った。

「どこにいますか？」

「いまは学校に――」

「学校はどこです？」女の人は奥《おく》さんをさえぎって、きいた。

「その道を、三キロほど行ったところですけど」

「でしたら、先に持ち物をまとめさせてもらいます」

「そんな……まさかチャーリーを連れて帰るおつもりじゃありませんよね?」

奥《おく》さんは、女の人が突然《とつぜん》現《あらわ》れた理由がようやくわかり、がっかりした。

「あんな目にあわされたら、当然でしょう」

奥《おく》さんは面食らった。「あんな目って?」

チャーリーのお母さんはハンドバッグから封筒《ふうとう》を取りだすと、チャーリーが裏《うら》に書《か》き添《そ》えた言葉を奥《おく》さんに見せた。「いたい　こと　いっぱい　された」

奥《おく》さんはようやく事情《じじょう》がわかった。「まあまあ……でも、それは誤解《ごかい》で……」

そして、ロバートたちのおばあちゃんのことを説明しようとしたが、チャーリーのお母さんは話を聞こうとしない。

「学校はどっちですか?」

フォスターさんの奥《おく》さんは悲しみに打ちひしがれた。チャーリーがいなくなったらどんなにさびしいだろう。笑うと前歯のすきまが見える、ちょっと変わった男の子は、いつの間にか奥《おく》さんの心をしっかりとらえ、大切な存在《そんざい》となっていたのだ。

奥《おく》さんはチャーリーの持ち物をまとめるのを手伝うと言った。

「学校まで案内しますよ――」

けれどもチャーリーのお母さんは、ひとりで行くと言いはった。

「今晩《こんばん》はうちに泊《と》まって、明日の朝帰られてはいかがです？」フォスターさんとロバートは羊の放牧場へ行っている。これではチャーリーにさよならも言えない。けれどもチャーリーのお母さんは、学校へ迎《むか》えにいき、その足でロンドンへ戻《もど》るからと、奥《おく》さんの申し出を聞きもしなかった。

学校ではチャーリーが、先生がギリシア神話のトロイアの木馬の話をするのを聞きながら、お弁当《べんとう》のパスティを先に食べてしまったことを後悔《こうかい》していた。もうすぐ昼休みなのに、食べるものがないのだ。そのとき突然《とつぜん》教室のドアが開き、チャーリーはそこにいる人を見て、思わず叫《さけ》んだ。

「ママ！」チャーリーは椅子《いす》から転げるようにお母さんのもとへ駆《か》け寄《よ》り、胸《むね》に飛びこんだ。そして、クラスのみんなに紹介《しょうかい》した。「ママ――ぼくのママだよ！」

ルーシーは、チャーリーが知らない女の人と運動場を歩いていくのを見かけて、呼《よ》びかけた。「チャーリー、どこ行くの？」

チャーリーは、はじけるような笑顔で答えた。「ぼく、おうちへ帰るんだ！」

第十九章　救助犬パッチ

　バスターをつかまえたふたりの兵士は得意満面だった。フーパー軍曹《ぐんそう》から、小さい犬をつかまえてこいと命令され、苦労の末に森の奥《おく》にいるところを捜《さが》しだし、ようやくつかまえたのだ。

「来い、ワン公」

「これで点数をかせいだぞ」

　ふたりは意気揚々《いきようよう》とバスターをキャンプへ運ぼうとした――ところがバスターはウナギのように身をよじらせて、どうしてもうまく抱《だ》いて運べない。けっきょくふたりはブーツの靴《くつ》ひもをはずしてつなぎ合わせると、首輪に結んで片端《かたはし》を手に持った。このひもを引けば、バスターは否《いや》が応《おう》でも兵士といっしょに行くしかない。

「ワン公、来るんだ。おまえは戦争の役に立つんだぞ」

　実は戦争開始が宣言《せんげん》された直後に多くの犬が安楽死させられたため、軍用犬にする健康な犬がひどく不足していた。いざ空襲《くうしゅう》が始まれば、倒壊《とうかい》した建物のなかから生存者《せいぞんしゃ》を捜《さが》して助けだすために、すぐれた嗅覚《きゅうかく》と追跡能力《ついせきのうりょく》を持つ犬の力がなくてはならない。ところがいま、犬の数が話にならないほど少なくなってしまい、政府《せいふ》は戦争が終わるまでペットを貸《か》しだすよう、国民に呼《よ》びかけることになった。

全国紙にも、「任務《にんむ》に適《てき》した犬の飼《か》い主《ぬし》は名乗りでるように」と広告が載《の》せられた。

フーパー軍曹《ぐんそう》は、軍に志願する前は、サーカスで犬の調教師をしていた。そこで、バスターを見た瞬間《しゅんかん》に申し分ない候補《こうほ》だと見抜《みぬ》き、ふたりの兵士にあとを追わせたのだ。

かなり遠くまで追ってきたふたりがあきらめかけたとき、ウサギの巣穴《すあな》にもぐっているバスターを見つけたというわけだ。

バスターが追っていたウサギをつかまえようと、兵士たちも銃《じゅう》を撃《う》ったが、逃《に》げられてしまった。

「ひさしぶりにコーンビーフ以外のご馳走《ちそう》にありつけると思ったのにな」ふたりはぶつぶつ言い合った。

塩漬《しおづ》け牛肉の缶詰《かんづめ》――コーンビーフはソールズベリーの演習場《えんしゅうじょう》へ来て以来、毎日のように食べていた。コーンビーフのシチュー、コーンビーフのパイに衣揚《ころもあ》げ……コーンビーフのカレーまであった。たまにはウサギ肉のような、ちがうものを食べたかった。

フーパー軍曹《ぐんそう》は、ふたりがキャンプに戻《もど》るとバスターを見てうなずいた。

「そうか、つかまえたか」

「はい、軍曹殿《ぐんそうどの》」

「なにか食べさせてやれ。それから、テストしてみよう」

バスターはブリキの皿に山盛《やまも》りのコーンビーフがすっかり気に入った。むさぼり食うと、皿まできれいになめた。

ベテランの犬の調教師であるフーパー軍曹《ぐんそう》は、バスターがコーンビーフを食べ終わるとすぐ、テストを始めた。

「さてと、お手並《てな》み拝見《はいけん》といこう。おすわり！」

バスターはただちにすわった。フーパー軍曹《ぐんそう》はにっこりした。

「ふせ」

バスターは腹《はら》ばいになった。

「待て」フーパー軍曹《ぐんそう》はバスターの鼻先に手のひらを広げて突《つ》きだし、コマンドをはっきり伝えた。そして歩きだし、バスターから離《はな》れると足を止める。

「来い！」

バスターはさっと軍曹《ぐんそう》のところへ走っていき、目の前ですわった。

「よし、合格《ごうかく》だ。おまえはいいサーカス犬になっただろうよ」軍曹《ぐんそう》がバスターに言った。

バスターは最初のテストに見事な成績《せいせき》で合格《ごうかく》した。次はケント州にある訓練センターへ連れていき、より高度な訓練を受けるのだ。

フーパー軍曹《ぐんそう》は、バスターをケント州のメイドストーンへ連れていく兵士に手紙を託《たく》した。

この犬は小さいが優秀《ゆうしゅう》です。どうか尊敬《そんけい》の念を持って接《せっ》してください。

D・M・フーパー軍曹《ぐんそう》

追伸《ついしん》　コーンビーフが好物です。

訓練士のサム・モールデンは、新入りの犬を駅へ出迎《でむか》えにいった。犬がしっぽをふって挨拶《あいさつ》し、ためらわずにごほうびを受けとるのを見て、大満足だった。好奇心《こうきしん》が強く人なつっこい気《き》性《しょう》は、軍用犬にうってつけなのだ。

ケントの訓練センターに着くと、サムはさっそくほかの訓練士たちにバスターを紹介《しょうかい》した。サムはやる気満々だが、その一方で緊張《きんちょう》もしていた。はじめてひとりで担当《たんとう》する救助犬なのだ。けれどもバスターのほうは少しも緊張《きんちょう》していない。ほかの訓練士になでてもらったり、新しい友だちのにおいを嗅《か》いだりするのに大忙《おおいそが》しだ。

バスターはボーダーコリー犬がいるのに気づくと、興奮《こうふん》して駆《か》け寄《よ》っていった。けれどもそれはローズではなかった。

伍長《ごちょう》がたずねた。

「新しい犬はどうだ?」

「はい、最高の犬であります!」サムは答えた。

「忘《わす》れるな、やつには任務《にんむ》がある」

サムは伍長《ごちょう》の言葉を忘《わす》れはしなかった。それでもバスターと遊んでやることも忘《わす》れなかった。

ほかの訓練士たちも、バスター(顔にブチがあるのでパッチと呼ばれるようになっていた)とサムはすばらしいペアだとほめてくれた。

「パッチは、サムが言葉にする前に、言われることがわかるみたいだな」

「ぼくはなんにも教えてないんです。パッチが全部自分で考えるから」

バスターは敏捷性《びんしょうせい》を鍛《きた》える訓練で、特に優秀《ゆうしゅう》な成績《せいせき》をおさめた。トンネルを走《はし》り抜《ぬ》ける訓練はウサギの巣穴《すあな》に似《に》ているし、A《エー》字型の枠《わく》を登る訓練は、リスを追いかけて木を登るのに比《くら》べればずっと楽だ。

「パッチ、おまえのいちばん大切な仕事は、人間を捜《さが》すことだぞ」サムの言葉に、バスターはしっぽをふった。

救助犬の訓練は第一段階《だんかい》で、繰《く》り返《かえ》しボールを捜《さが》す。次の段階《だんかい》では、訓練場にあるトンネルやこわれたビルや瓦礫《がれき》に隠《かく》れている兵士を捜《さが》すのだ。

「パッチ、捜《さが》すんだ。どこにいる?」

バスターがうまく兵士を捜《さが》しあてると、サムはいつも大喜びでほめてくれた。そしてバスターは、ほめられるたび有頂天《うちょうてん》になる。

最後は嗅覚《きゅうかく》の訓練だ。バスターは崩《くず》れたビルの瓦礫《がれき》のなかから人間のにおいを嗅《か》ぎあて、サムに知らせる訓練を受けた。

「空襲《くうしゅう》を受けた瓦礫《がれき》の下から、だれかを捜《さが》しださなきゃならない日が来るかもしれない。そのとき手がかりになるのはにおいだけなんだよ」とサムが言って聞かせた。

サムとバスターは訓練を続け、二週間後、伍長《ごちょう》の部屋に呼《よ》びだされた。

「君たちに特別任務《にんむ》を頼《たの》む」

「はい、伍長殿《ごちょうどの》」とサムが答えた。バスターはしっぽをふっている。

「ロンドンへ行って、救助犬がどんな仕事をするのか、模範演技《もはんえんぎ》をしてもらいたいんだ」

「われわれがですか?」

「そうだ。より多くの市民が軍に犬を貸《か》しだすよう奨励《しょうれい》するのが、君たちのもうひとつの使命だ。ひとたび空襲《くうしゅう》が始まれば、犬は必ず必要となるからな」

ロンドンで最初の模範演技《もはんえんぎ》が始まったとき、サムは緊張《きんちょう》のあまり手が震《ふる》え、吐《は》き気《け》までした。けれどもバスターはコマンドをすべて完璧《かんぺき》に演《えん》じて、観客の心をしっかりとらえた。

「あの犬、とってもかわいい！」と小さい女の子が言った。

「訓練士から一度も目を離《はな》さなかったわよ」とその子の母親が答えた。「そこがうちの犬とちがうところね」

一回目が大成功だったおかげで、次の模範演技《もはんえんぎ》では、サムはそれほど緊張《きんちょう》せずにすんだ。三回目の演技《えんぎ》ではいっそうリラックスできた。四回目は、ウッドグリーン・アニマル・シェルターで開かれ、観客のなかにはマイケルの姿《すがた》があった。

バスターを見たマイケルは、自分の目を疑《うたが》った。まさか！　でもまちがいない。

マイケルは叫《さけ》んだ。

「バスター！」

声のほうを見たバスターは、一分間に百万回もの猛《もう》スピードでしっぽをふったかと思うと、次の瞬間《しゅんかん》にはマイケルのもとへ駆《か》け寄《よ》り、飛びついて顔じゅうなめまわした。

「おいおい、顔なら今朝洗《あら》ったよ」とマイケルは笑って、小さい舌《した》でペロペロなめ続けるバスターに言った。

サムがたずねた。

「この犬を知ってるのかい？」

「もちろん、よく知ってます。友だちの犬なんです」マイケルが答えた。

サムが言った。

「いまはちがうよ。軍用犬として徴用《ちょうよう》されたんだ」

そしてマイケルに、バスターが救助犬の訓練を受けたことを説明した。「この犬は、特別優《ゆう》秀《しゅう》なんだよ」

「こいつはもともと賢《かしこ》かったから」だが、マイケルにとってなによりうれしいのは、バスターが生きていたことだ。

マイケルはサムに、ローズとタイガーのことをたずねてみたが、二匹《ひき》のことはまったく知らないと言われた。

「パッチも――いや、バスターも、このあたりにいたわけじゃない。サマセット州から連れてこられたんだ」

サムは、マイケルの腕《うで》からバスターを受けとって言った。

「いよいよこっちで戦争が始まれば、こいつは最高に役立つだろうよ」

「それじゃ、やっぱりロンドンも戦場になるんですか？」マイケルはたずねた。多くの人が、英国は戦場にはならないと考えるようになっていた。ヒトラーはほかの国へ侵攻《しんこう》するので手いっぱいだ。九月にいっせいに疎開《そかい》した子どもたちも、多くはすでにロンドンへ戻《もど》り、いままでは家族とクリスマスを過《す》ごすのを楽しみにしていた。

けれど、サムはこう答えた。

「まちがいないよ、遠からずそうなる。そのときになればわかるさ」

「父さん、今日は信じられないことがあったんだ！」マイケルは家に帰るなり、バスターと再《さい》会《かい》したことを話した。すっかり興奮《こうふん》して目をきらきらさせている。「しかも救助犬になってたんだ。バスターは死んでなかったんだよ！」

バスターが生きていたなら、ローズとタイガーも生きているかもしれない……たとえそれがどんなにわずかな可能性《かのうせい》だとしても。

マイケルの父さんは、マイケルが元気を取《と》り戻《もど》したのがなによりうれしかった。この数週間マイケルはほとんど口をきこうとせず、父と息子のあいだには気まずい空気が流れていたのだ。

「町にあふれる、家をなくしたペットを全部救うことは不可能《ふかのう》だ」と父さんは何度もマイケルに言いきかせた。

けれどもマイケルは、それは絶対にちがうと言いはった。「死ななきゃならないペットなんて、ただの一匹《ぴき》もいるはずないよ」

なにを言っても息子の心を動かすことはできず、父さんはマイケルをロンドンに残したことがけっきょくはまちがいだったのでは、と考え始めていた。マイケルが地下室に隠《かく》していたペットたちをシェルターへ連れていかなければならなかった日――それは、ふたりにとってなんともおぞましい日だった。父さんは、ペットたちを連れだしたのが自分だと、いまだに言いだせずにいた。しかしマイケルは、もう気づいているのだろう。

ロンドンには、疎開《そかい》していた子どもたちが、かなりの数戻《もど》ってきていた。父さんは、息子を疎開《そかい》させないことを非難《ひなん》されたが、自分を非難《ひなん》した人たちがクリスマスに子どもをロンドンへ連れて帰るからと責《せ》めるつもりはなかった。いまのところロンドンは一発の爆弾《ばくだん》も落とされていないし、毒ガス攻撃《こうげき》も受けていない。

父さんがたずねた

「バスターも休暇《きゅうか》をもらえるのかな？」

「もらえると思うよ」とマイケルは答えた。徴兵《ちょうへい》された者は全員休暇《きゅうか》をとる権利《けんり》があるはずだから。

「バスターを何日かデヴォンへ連れていったらどうだ？　ロバートに、直接《ちょくせつ》バスターのことを話せるだろう。たぶん、許可《きょか》してもらえるんじゃないかな」

地下室のペットたちが連れさられて以来、マイケルはロバートに手紙を書いていなかった。

動物たちを危機《きき》に追いやった自分を責《せ》め、だれにも話す気になれなかったのだ。マイケルは何週間も地下室のペットたちを捜《さが》し続《つづ》け、どこへ連れていかれたのか手がかりをつかもうとした。知っているかぎりのアニマル・シェルターへも行った。けれども最後には、もう見つけることはできない、と認《みと》めるしかなかった。

ロバートとルーシーに、ローズとタイガーが行方不明だということを話さないといけない。でも、バスターがいてくれれば、だいぶ気が楽になる。

第二十章　荒野《こうや》の雪

タイガーは、生まれてこのかた、町で飼《か》い猫《ねこ》として暮《く》らしてきたにもかかわらず、ダートムーア高原（デヴォン州にある高原）に来るとローズとチームを組んで、見事な狩《か》りの腕前《うでまえ》を発揮《はっき》していた。ヒースの茂《しげ》る荒野《こうや》でウサギなどの小動物を追って駆《か》けまわり、わずかな陽だまりを見つけてはひなたぼっこをする。

田舎《いなか》育ちのローズは、荒野《こうや》に住むクサリヘビやヤマカガシには近づくなと、子犬のころから教えこまれていた。けれどもヘビを見るのがはじめてのタイガーは、黒と灰色《はいいろ》のジグザグ模様《もよう》の生き物がヒースの茂《しげ》みの上でひなたぼっこしているのを見て、怖《こわ》いながらも好奇心《こうきしん》満々だ。しなやかな体で、気取《けど》られることなくゆっくりゆっくりヘビに近づいていき、最高のタイミングで襲《おそ》いかかろうと待ちかまえた。

ところがいまにも飛びかかるというところで、突進《とっしん》してきたローズに体あたりを食らい、はじき飛ばされた。タイガーはフーッとローズを威嚇《いかく》し獲物《えもの》をふり返ったが、ヘビはもう姿《すがた》を消していた。

何日か経《た》つと、わずかにさしていた太陽も雲に隠《かく》れてしまった。荒野《こうや》に吹《ふ》きつける風は冷たさをまして、凍《こお》るように冷たい雨がローズとタイガーを毎日ずぶ濡《ぬ》れにする。

ことさら冷たい風と雨に悩《なや》まされ、狩《か》りをしてもわずかな獲物《えもの》しかなかったある日、二匹《ひき》は使われていない厩《うまや》を見つけてなかへ忍《しの》びこんだ。ローズは狩《か》りの疲《つか》れから地面に倒《たお》れこんだ。

タイガーはその隣《となり》で横になり、ローズの脇腹《わきばら》に体を押《お》しつけて温《あたた》まろうとした。

外では、雨が雪に変わった。はじめのうち、白い雪片《せっぺん》はやさしくゆっくりと落ちていた。けれども二匹《ひき》がこんこんと眠《ねむ》るうち、しだいに激しく、ついには吹雪《ふぶき》になった。するとほかの動物たちも雪を逃《のが》れて厩《うまや》へやってきた。

タイガーは、体になにかの温《あたた》かい息がかかるのを感じて目を覚ましたが、身じろぎせずにじっとしていた。そして気配が遠のいてから、ようやく目を開けた。厩《うまや》の壁《かべ》に据《す》えつけられた飼《か》い葉桶《ばおけ》には、荒野《こうや》にすむ野生馬ムーア・ポニー（英国原産のポニー）のために冬場の干《ほ》し草《くさ》が備《そな》えられて、タイガーの頭上で、はしばみ色のポニーが干《ほ》し草《くさ》をむしゃむしゃ食べていた。

＊　＊　＊

「これよりひでえ道だって、走ったことあるから、安心しろよ」魚を載《の》せたトラックの運転手が、デヴォンの狭《せま》い道の曲がり角を横すべりして大回りしながらマイケルに話しかけてきた。

トラックは、使われていない厩《うまや》の横を通り過ぎた。マイケルはひざの上のバスターがふり落とされないように、しっかりと押《お》さえていた。

「いい犬だな」

バスターの息は荒《あら》かった。敏感《びんかん》な鼻が積み荷の魚のにおいに誘惑《ゆうわく》されて、いまにもよだれが出そうだ。だが、何時間も車に乗っているのに、まだ一匹《ぴき》もありつけない。

運転手はくねくね曲がる田舎道《いなかみち》を走り続けた。マイケルの父さんから、息子と犬をデヴォンまで乗せてほしいと頼《たの》まれて、いくらか礼金も受け取っていた。約束の品はなにがなんでも届《とど》けるのが運転手のモットーだった——たとえどんな天気だろうと。

バスターは降《ふ》りしきる雪を窓《まど》から見ていた。危《あぶ》ない道を何時間もドライブして、マイケルとバスターはとうとうロバートとルーシーのおばあちゃんの家へ着いた。

ロバートの母さんが来てからは、ロバートとルーシーもフォスターさんの農場を出て、おばあちゃんの家に住んでいた。

ロバートの母さんがトラックの運転手に「どうぞお入りください、せめて紅茶《こうちゃ》の一杯《ぱい》でも。温《あたた》まりますから」と言った。運転手は感謝《かんしゃ》しながらも、魚は待ってくれないから、と言って断《ことわ》った。

ロバートとルーシーはバスターに会えて大喜びだった。バスターのほうも、ふたりを見ると勢《いきお》いよく何度もぐるぐる回って、飛びついてきた。

ルーシーがたずねた。

「だけどローズとタイガーは？　いっしょに連れてこられなかったの？」

マイケルは首を横にふった。

母さんがきいた。

「ハリスさんのところにいるのよね？」

「それが、ちがうんです……」

マイケルはサンドイッチを食べ、紅茶《こうちゃ》を飲みながら——バスターは生みたての卵《たまご》で作ったスクランブルエッグをもらった——、知っていることをなにもかも話した。

「いったい、二匹《ひき》になにがあったの？」

「まだ生きてるよね……」

「そんなの、無理に決まってる……」ルーシーの頰《ほお》に涙《なみだ》がこぼれた。デヴォンに来て以来、ペットたちは安全だとずっと信じていたのに、それがただの思いこみだったなんて。

「それにしても、バスターはどうしてサマセット州にいたの？」

マイケルにもその答えはわからなかった。

「ローズとタイガー、かわいそう……」

「まだ、希望がなくなったわけじゃないよ」マイケルがふたりをなぐさめた。

ルーシーとロバートはうなずいたものの、二匹《ひき》がいまも生きているとはとても考えられない。

みんな、黙《だま》りこんでしまった。

スクランブルエッグを食べ終えたバスターは、マイケルの食べかけのサンドイッチをものほしそうに見ている。

マイケルが少しちぎってやるとガツガツ食べて、すぐまた残りをじっと見つめる。マイケルがやらないと、前足を片方《かたほう》伸《の》ばしてマイケルの足にふれ、サンドイッチをにらんで鼻を鳴らした。なんともわかりやすく、断わりにくいやり方だ。

ロバートとルーシーは思わず吹《ふ》きだした。

とうとうマイケルは、残りのサンドイッチもバスターにやった。

ロバートが言った。

「こいつにノーと言うのは不可能《ふかのう》だな」

マイケルが言った。

「年が明けたら、バスターはロンドンへ戻《もど》らなきゃならないんだ。訓練センターでは『パッチ』って呼《よ》ばれてるんだよ。大勢《おおぜい》の人が救助犬として犬を貸《か》してくれるように、模範演技《もはんえんぎ》をしてるんだ」

ルーシーがきっぱり言った。

「バスターはバスターよ、パッチなんかじゃない。うちの大切なペットなんだから、戦争が終わったら、すぐに返してもらわなきゃ」

「おまえ、ひょっとしたら勲章《くんしょう》をもらえるかもしれないぞ、バスター」ロバートが言うと、バスターがひざに飛び乗ってきた。

「なんで家のなかに犬がいるんだい？」部屋の入り口でおばあちゃんの声がした。どうやらバスターを歓迎《かんげい》していないようだ。

母さんがあわてて言った。

「この犬はバスターよ。ロンドンの家で飼《か》ってたの」

「たとえその犬が王さまの飼《か》ってるコーギー犬のドゥーキーだろうが、あたしにゃ関係ないね。この家に、犬は入れないよ」

「だけどおばあちゃん……」さすがのロバートも腹《はら》を立てた。

「ノミや病気を持ちこまれるのはまっぴらだ」

「マイケルが、はるばるロンドンから連れてきてくれたんだよ」

「ローズのように納屋《なや》で寝《ね》かせればいい」

ルーシーも言った。

「バスターは軍用犬で、大事なお仕事をしてるのに」

「そりゃあけっこうなこった。とにかく犬は、外と決まってるんだ」

なにを言っても、おばあちゃんは家のなかで寝《ね》かせるのを許《ゆる》してくれなかった。だからといって、バスターだけを外へ追いやる気にはなれない。

ロバートとマイケルは上着を着て、おばあちゃんの家を出た。

「穴《あな》に気をつけて」中庭にさしかかると、ロバートが特別大きな穴《あな》を指さしてマイケルに注意した。「おばあちゃんがそこらじゅう掘《ほ》りまくってるんだ」

ふたりはバスターを連れ、降《ふ》りしきる雪に足を取られながら、フォスターさんの農場へ向かった。玄関《げんかん》の手前まで来ると、モリーがすっ飛んできて挨拶《あいさつ》した。バスターも新しい友だち候補《こうほ》に、しきりにしっぽをふった。

フォスターさんが玄関《げんかん》のドアを開けたとたん、バスターがなかへ駆《か》けこみ、止める間もなくモリーもあとに続いてすべりこんだ。

フォスターさんの奥《おく》さんは、暖炉《だんろ》の燃《も》えさかる炎《ほのお》の前に横たわる二匹《ひき》の姿《すがた》に吹《ふ》きだした。

「ちょっと、見てちょうだい。モリーったら、これまで部屋へ入ろうとしたこともなかったのに、まるでずっとここにいたみたい」

フォスターさんは、おばあちゃんがバスターを家のなかへ入れてくれなかったことをロバートから聞くと、マイケルに挨拶《あいさつ》をして上着と旅行カバンを受けとり、「マイケルもバスターも、うちは大歓迎《だいかんげい》だよ」と言ってくれた。

さっきのおばあちゃんの態度《たいど》に傷《きず》ついていたロバートは、マイケルにあやまった。「ほんとに悪かった……」

けれどもマイケルは取りあわなかった。「バスターは気にしちゃいないよ」

たしかに、バスターは少しも気にかけていなかった。モリーとはついさっき会ったばかりだというのに、これまでずっと友だちだったかのように、すっかり仲よくなっている。

食事がすむと、奥《おく》さんがマイケルを、前にロバートとチャーリーが使っていた部屋へ案内し、ロバートは雪道に苦労しながらおばあちゃんの家へ戻《もど》っていった。雪はようやくやんだが、かなり深く積もっている。

フォスターさんの暖炉《だんろ》のそばでは、バスターとモリーがくっついてぐっすり寝《ね》ていた。翌朝《よくあさ》二匹《ひき》が目を覚ますと純白《じゅんぱく》の雪が農場をおおい、遊びにおいで、と誘《さそ》っているようだ。

第二十一章　クリスマスの夜

クリスマスの朝、ロバートとルーシーが目を覚まして最初に見つけたのは、母さんがベッドの足もとに用意してくれた靴下《くつした》だ。オレンジと小さな板チョコと鉛筆《えんぴつ》とハンカチが詰《つ》めこまれている。ふたりは朝ごはんの前に夢中《むちゅう》でチョコレートを頬《ほお》ばった——こんなぜいたくが許《ゆる》されるのは、一年のうち今日だけだ。

家族のみんなが顔を合わせて「メリー・クリスマス！」と挨拶《あいさつ》すると、ロバートが言った。

「朝ごはんは、毎日チョコレートがいいな」

「たしかにね」と母さんがほほえんだ。

「父さんは、なにを食べてるんだろう？」とロバートがたずねた。

母さんは、子どもたちに暗い顔を見せまいと心に決めていた。クリスマスの今日、いつにもまして父さんがいれば、と思うのは、みな同じだ。「そうね、きっとおいしい朝ごはんを食べてるわよ。ベーコンとお好みの卵《たまご》料理と……もちろんチョコレートもね！」

それを聞いて、ロバートとルーシーは元気になった。たぶんチョコレートは食べていないだろうとは思っても――本当はベーコンや卵《たまご》も疑《うたが》わしいけれど――、想像《そうぞう》するだけで少しは気持ちが楽になる。

着替《きが》えをすませたルーシーは、冬の朝の雪原へ足を踏《ふ》みだした。おばあちゃんの家では、困《こま》ったことにトイレが外にある。壁《かべ》には黒い大きなクモが待ちぶせしているし、大雪のあとではドアのハンドルが凍《こお》りつき、氷を割《わ》らないとドアが開かない。

しかもおばあちゃんの掘《ほ》った穴《あな》が庭のあちこちに雪で隠《かく》れているから、かなり危険《きけん》だ。注意しないと、すぐに足を取られてしまう。

おばあちゃんにつきそって教会へ行き、朝の礼拝《れいはい》に出たあと、みんなでフォスターさんの家へ向かった。

バスターはみんなの顔を見てひとしきりはしゃぐと、ボールを投げて、とさっそくロバートにせがんだ。

マイケルがロバートとルーシーに言った。

「午前中ずっと投げてやったんだよ。バスターもモリーも、いくら遊んでも遊びたりないんだ」

バスターは、ロバートの足もとにボールを落としてすわりこむと、首を片方《かたほう》にかしげ期待をこめて見あげた。モリーは、バスターの後ろでしっぽをふっている。

これではロバートも断《ことわ》れない。ボールを投げてやると、二匹《ひき》はさっと走って追いかけていき、もう一度投げてもらおうと、あっという間にボールをくわえて戻《もど》ってきた。

フォスターさんの奥《おく》さんは、みんなのためにクリスマスのご馳走《ちそう》を準備《じゅんび》していた。そしてルーシーとロバートには、手編《てあ》みのセーターをプレゼントしてくれた。

ルーシーは、フォスターさんと奥《おく》さんに、手作りの帽子《ぼうし》をプレゼントした。

以前はラジオが置かれていた、客間の暖炉《だんろ》の上の特等席には、少しよれよれになった手書きのクリスマスカードが飾《かざ》られていた。絵が描《か》いてある。どうやらサンタクロースの帽子《ぼうし》をかぶったレッド・ルビー牛のつもりらしいが、なかなかそうとはわからない。

カードといっしょに、チャーリーのお母さんからの手紙が入っていて、チャーリーから聞き、なにもかも誤解《ごかい》だったことがわかりました、フォスター夫妻《ふさい》が息子にしてくれたすべてに心から感謝《かんしゃ》します、と書かれていた。

チャーリーはていねいに「メリークリスマス」と書き、その下に、「パスティたべたい チャーリーより　だいすき　チュッチュッチュッ！」とつけ加えていた。

＊　＊　＊

ロンドンでは、停泊地《ていはくち》に係留《けいりゅう》されている船上病院の前に、電報《でんぽう》配達員のオートバイが止まった。シルビア婦長《ふちょう》は、配達員の姿《すがた》に気づくと姿勢《しせい》を正し、どんなに悪い知らせが届《とど》いても平静にふるまわねばと、気持ちを引《ひ》き締《し》めた。愛する人の死や行方不明の知らせを届《とど》ける電報《でんぽう》配達員は、戦争にたずさわる仕事のなかでも最悪ではないかしら、と婦長《ふちょう》は思った。電報《でんぽう》を受け取りたい者などいるわけがない。オートバイのエンジン音が聞こえると、人々は家のなかへ逃《に》げこんで、どうか自分宛《あ》てではないようにと願う。甲板《かんぱん》へ急ぎながら、シルビア婦長《ふちょう》は夫の無事《ぶじ》を祈《いの》った。

「ご用でしょうか?」婦長《ふちょう》は近づいてきた配達員に声をかけ、それがだれだか気がついた。川から救いあげたあの男――マシューズだ!

緊張《きんちょう》が一気に解《と》けて、婦長《ふちょう》は声をあげて笑いながら、あっけに取られているマシューズを抱《だ》きしめた。悪い知らせが届《とど》いたわけではなかった。知り合いがようすを知らせようと訪《たず》ねてきただけだったのだ。

「メリー・クリスマス! 元気にしてた?」シルビア婦長《ふちょう》がたずねた。

「はい、元気です……」声がおかしい。「ただ、あんなによくしていただいたのに、こんな知らせを届《とど》けるのが辛《つら》くて……しかもよりによって、今日……」

その手には電報《でんぽう》があった。抱《だ》きしめられてもしわにならないよう守っていたのだ。シルビア婦長《ふちょう》はマシューズがペストにかかっているとでもいうように、抱《だ》きしめていた手を急いで離《はな》した。

電報《でんぽう》の宛《あ》て名《な》はヘレン・エドワーズだった。

「知らずにいるより、知らされたほうがまし、ですよね？」マシューズは、自分のしていることが正しいと言ってほしいと、目でうったえた。

けれどもシルビア婦長《ふちょう》は、必ずしも知っていたほうがいいとは限《かぎ》らないと、かねがね思っていた——特に悪い知らせの場合には。聞かぬが花、とことわざにもある。

マシューズが帰ったあと、シルビア婦長《ふちょう》は長いあいだ、電報《でんぽう》をじっと見つめていた。今日はクリスマスだ。ヘレンは母親と子どもたちの世話で大忙《おおいそが》しにちがいない。この悪い知らせをいますぐ受けとらないと、困《こま》ることでもあるだろうか？　あるとは思えない。心を決めたシルビア婦長《ふちょう》は、机《つくえ》のいちばん上の引き出しに電報《でんぽう》をしまった。

＊　＊　＊

その日の午後三時、フォスター家の居間では、みんながラジオのまわりで、英国国王ジョージ六世のクリスマスの放送に耳をすませていた。

「もうすぐ新しい年がやってきます。新年はわれわれになにをもたらすのでしょう。それが平和であるならば、みな、どれほど感謝《かんしゃ》することでしょう」

おばあちゃんの頬《ほお》を涙《なみだ》がこぼれ落ち、ルーシーがその手を握《にぎ》った。

「もしも戦いが続くのならば、ひるまず立ち向かわねばなりません……」

ラジオを聞いたあとは、みんなでクリスマスのゲームをし、ルーシーは椅子《いす》取《と》りゲームで三回連続一等になった。バスターとモリーも仲間に入れてと、椅子《いす》のまわりを駆《か》けまわってほえたてた。

本当は夜までフォスター家にいる予定だったが、夕方になると、母さんはおばあちゃんが疲《つか》れ切っているのに気がついた。

「母さん、そろそろ帰りましょう」

フォスターさんの奥《おく》さんが声をかけた。

「泊《と》まっていってかまわないのよ。わざわざ雪のなかを帰らなくても」

すぐにおばあちゃんが突《つ》っぱねた。

「あたしゃ五十年間、自分のベッドで寝《ね》てきたんだ。よそじゃ眠《ねむ》れやしないね」

「ロバートとルーシーも上着を着て」母さんが言った。

「バスターはどうするの？」ルーシーがたずねた。

「ここに泊《と》めていただくわ。朝になれば会えるでしょ」と、母さん。

「心配しないで。ちゃんと世話するから」とマイケルが言った。

すっかり仲よしになったバスターとモリーは、敷物《しきもの》の上で、くっついて丸くなっている。

「犬は家のなかに入れるもんじゃない」おばあちゃんが不満げに言った。「ローズはちゃんと自分の居場所《いばしょ》を心得てた。農場のほかの動物と同じ、納屋《なや》だとね」

「外はとっても寒いのに」ルーシーはローズをかわいそうに思った。ロンドンでは、家のなかで寝《ね》かせてやっていたのだ。

おばあちゃんは大きなあくびをした。

「さあ、もう失礼しましょう」と母さんが言った。

フォスターさんの奥《おく》さんがキッチンからケーキを缶《かん》に入れて持ってきた。

「少しだけど、クリスマスケーキを持っていってね」

「ありがとう」

おばあちゃんも言った。

「なかなかおいしかったよ」

ロバートとルーシー、そして母さんとおばあちゃんは――本人の強い希望で手にケーキをぶらさげて――雪道に苦労しながら丘《おか》を下って帰っていった。

＊　＊　＊

大雪のせいで、ローズとタイガーは何日も足止めを食らっていた。その間二匹《ひき》は厩《うまや》でムーアポニーたちと暮《く》らし、夜には寄《よ》りそって寝《ね》た。

厩《うまや》の干《ほ》し草《くさ》にはネズミが住んでいたので、お腹《なか》をすかせることはなかった。

ようやく雪がやんで先へ進めるようになると、二匹《ひき》は雪におおわれた荒野《こうや》をふたたび歩き始めた。荒野《こうや》に残る草を食《は》む屈強《くっきょう》な羊は、タイガーをじろじろ見つめ、通り過ぎるまで、もぐもぐ口を動かしながらじっとながめていた。

一日が終わって日が沈《しず》むころには、雨や雪をしのぐ安全な場所を見つけるのがローズとタイガーの日課だ。ところがその晩《ばん》にかぎって、ローズは、タイガーが止まろうとしてもクーンと哀《あわ》れっぽく鼻を鳴らして進み続けた。

ローズは石壁《いしかべ》のあいだの細いすきまを通《とお》り抜《ぬ》けながら、喉《のど》の奥《おく》から奇妙《きみょう》な声を出した。タイガーもはじめて耳にする音。ハミングのような音だ。

ここはローズにとって、空気がちがう。においもちがった。においは、ふるさとがすぐそこだと告げていた。

ローズはしっぽをふって速足になり、タイガーも駆《か》け足《あし》でローズのあとをついていった。

ローズの鋭《するど》い嗅覚《きゅうかく》が煙《けむり》のにおいを嗅《か》ぎとったとき、二匹《ひき》はおばあちゃんの家からまだかなり離《はな》れたところにいた。それは、さっきの懐《なつ》かしいにおいとはまるで別の、危険《きけん》と死のにおいだった。動物は本能的《ほんのうてき》に炎《ほのお》へ向かおうとはせず、遠ざかろうとするものだ。

けれどもローズは、においのする方角へ駆《か》けだした。そしてタイガーも、一瞬《いっしゅん》ためらったものの、すぐローズに続いた。

＊　＊　＊

ぐっすりと寝入《ねい》っていたマイケルは、バスターがベッドの上に飛び乗り、布団《ふとん》を引っぱってほえたてるのでようやく目を覚ました。

「なんだい？　どうした？」マイケルがたずねた。

バスターはベッドから飛び下りて、ほえ続ける。

フォスターさんもその声に目を覚まし、マイケルの部屋へやってきた。「いったいどうしちまったんだ？」そう言ってドアを開けた瞬間《しゅんかん》、バスターは部屋の外へ飛びだした。

マイケルはあとを追いながら答えた。「わかりません。でも、バスターは訓練を積んだ救助犬です。ほえるのにはなにか、理由があるはずです」

バスターは、今度は玄関《げんかん》のドアの脇《わき》でほえている。その隣《となり》ではモリーが、おろおろと歩きまわっている。

フォスターさんがドアを開けると、バスターはけたたましくほえたてながら、矢のように外へ飛びだしていった。

もうバスターに教えられなくてもわかった。目でもにおいでも、なにが起こったのかわかる。

「火事だ！」とフォスターさんが叫《さけ》んだ。

ロバートたちのおばあちゃんの家がある谷で、オレンジ色の炎《ほのお》がゆらめいている。

フォスターさんはトラックへ向かって駆《か》けだし、マイケルもすぐあとに続いた。

たいへんだ、家が爆撃《ばくげき》された——目を覚ましたロバートはそう思った。そして掛布団《かけぶとん》をはねのけるとルーシーの部屋へ駆《か》けこみ、寝《ね》ている妹をベッドから引きずりだした。

「な……なんなの？」

「起きろ！」

同時に母さんが、父さんの部屋ばきをはき、寝巻姿《ねまきすがた》で部屋から駆《か》けだしてきた。母さんはおばあちゃんの部屋へ急いだ。ドアは開けっぱなしで、部屋は空っぽだ。先に逃《に》げたにちがいない。

母さんはロバートとルーシーをせかして階段《かいだん》を下りると、中庭に出た。ぎりぎりで間に合った。すでに炎《ほのお》は一階のいくつかの部屋に広がり、燃《も》えさかっている。

「おばあちゃんはどこ？」ルーシーがたずねた。

母さんはあたりを見まわした。おばあちゃんの部屋は空だったから、外にいるはずなのに。

「ここで待ってて」母さんはロバートとルーシーに言いきかせると、「母さん……母さん！」と呼《よ》びながらあたりを捜《さが》しまわった。

そのとき、黒い影《かげ》がロバートとルーシーの脇《わき》をかすめて、玄関《げんかん》から家のなかへ飛びこんだ。

「いまの……ローズみたい！」ルーシーが言った。

「まさか……」とロバートが言った。


燃《も》えあがる建物に飛びこんだローズは、炎《ほのお》のうずまくキッチンでおばあちゃんを見つけた。おばあちゃんは煙《けむり》にまかれて床《ゆか》に倒《たお》れていた。

「犬は家のなかに……」ローズは、そうつぶやくおばあちゃんの寝巻《ねまき》をくわえてひっぱろうとした。けれどもいくらやせているとはいえ、おばあちゃんはローズが――どんなに強い意志《いし》を持ってはいても――部屋の端《はし》から端《はし》まで引きずるには重すぎた。

それでもローズはねばり強く、さらに深く歯を立てて寝巻《ねまき》をたぐり寄せ、けっしてあきらめようとはしない。


「だめよ！」家のほうへ走っていくロバートに気づいて、母さんが悲鳴をあげた。

ロバートは玄関脇《げんかんわき》の釘《くぎ》にかかっている霜《しも》で濡《ぬ》れたボロ布《ぬの》をつかんで、鼻と口をおおった。けれどもなかへ戻《もど》った瞬間《しゅんかん》、長くはもたないことがわかった。家のなかは、もうすっかり煙《けむり》が充満《じゅうまん》している。四つんばいになって進みながら「ローズ！」と叫《さけ》ぶ。するとキッチンから、かすかにローズの声が聞こえたような気がした。ロバートはキッチンまではっていった。煙《けむり》が刻々《こくこく》と濃《こ》くなっていくなか、床《ゆか》に倒《たお》れている人影《ひとかげ》と犬の影《かげ》がぼんやり見えた。

「おばあちゃん！」

ローズはロバートを見てしっぽをふりながらも、おばあちゃんをひっぱり続けている。

「えらいぞ、ローズ！」

ロバートはすばやくおばあちゃんを自分の左側に立たせると、その右腕《みぎうで》を自分の肩《かた》にまわし、左腕《ひだりうで》でおばあちゃんの腰《こし》を支《ささ》えた。

「バーティ……バーティ、戻《もど》ってきたんだね」おばあちゃんが言った。ロバートがおばあちゃんを半分抱《だ》きかかえ、半分は引きずりながら外へ出た直後、キッチンはついに炎《ほのお》に包まれた。

母さんが、すっかり混乱《こんらん》しているおばあちゃんをロバートから抱《だ》きとったところへ、フォスターさんのトラックがブレーキをきしらせて到着《とうちゃく》した。

「ミルクをどこへやったんだい？」おばあちゃんが文句《もんく》を言った。「ストーブであっためてたのに。クリスマスケーキといっしょに、あったかいミルクを飲もうと思って……」

「ローズはどこ？」ロバートがきいた。ついさっきまで、すぐ後ろにいたのに。

「やっぱりローズだったんだ！」ルーシーは燃《も》えあがる家を見つめて泣きじゃくっている。

「犬はお断《ことわ》りだよ」おばあちゃんがそう言った目の前で、ついいましがたロバートとおばあちゃんの出てきた玄関《げんかん》が炎《ほのお》に飲みこまれた。

ロバートは頭を寝巻《ねまき》でおおって、もう一度なかへ戻《もど》ろうとした。

「だめよ！」母さんが叫《さけ》んでロバートの腕《うで》をつかんだ。「あなたが死んでしまう。どんな犬か知らないけど、ローズのはずはないし、もう助からないわ。見て！」

いまや家全体が真っ赤な炎《ほのお》に包まれていた。母さんはすすり泣くルーシーを抱《だ》き寄《よ》せた。

そのとき、バスターがフォスターさんのトラックから飛び下り、ほえ立てながら中庭を横切ると、庭木の陰《かげ》の黒い影《かげ》に突進《とっしん》していった。

マイケルはバスターのあとを追い、雪の上で横向きに倒《たお》れているローズを見つけた。どうやら、家の横手にある小さな窓《まど》から抜《ぬ》けだしたらしい。けれどもローズは動かなかった。マイケルはローズをそっと抱《だ》きあげると、いまにも崩《くず》れ落《お》ちそうな家から離《はな》れた、安全な場所へ連れていった。

「本当にローズだ！」ルーシーは大声をあげてマイケルへ駆《か》け寄《よ》った。ローズはぴくりとも動かない。「ローズは……ローズは……？」

「死んだ」という言葉はどうしても口にできない。

マイケルはローズを地面に下ろすと心臓《しんぞう》の音を聞いた。それからローズの鼻に口をあてて息を吹《ふ》きこんだ。〈ナルパック〉で教わった、鼻から肺《はい》へ息を入れる人工呼吸法《こきゅうほう》だ。

お願い、助けて！

マイケルは声に出さずに祈《いの》った。

庭の向こう側で雪を掘《ほ》っているバスター以外、全員がマイケルとローズを取《と》り巻《ま》いて固唾《かたず》を飲んで見守り、奇跡《きせき》を待った。

マイケルはローズの心臓《しんぞう》の音を聞き、もう一度人工呼吸《こきゅう》を繰《く》り返《かえ》した。

「動いた！」ルーシーが叫《さけ》んだ。「ローズが動いたわ！」

ルーシーの言うとおり、ローズはまた呼吸《こきゅう》を始めた。そしてルーシーの声を聞くと、弱々しくしっぽを上げ下げした。ルーシーは雪の上に横たわるローズの隣《となり》にしゃがみこんで、すすり泣いた。

「ローズをいますぐ暖《あたた》かいところへ連れていかないと」マイケルが真剣《しんけん》な表情《ひょうじょう》で言った。「このままだと、寒さで死んでしまう」

「うちへ連れて帰ろう」フォスターさんはそう言うと、ローズを袋《ふくろ》でくるんでトラックの後ろに乗せ、マイケルがひざの上にやさしく抱《だ》いてルーシーがかたわらに寄《よ》りそった。

「バスター、来い！」ロバートが大声で呼《よ》んだ。

バスターは、燃《も》える家のそばで雪に埋《う》もれた大きな穴《あな》を、ものすごい勢《いきお》いで掘《ほ》っている。

駆《か》けつけたロバートが首輪をつかんで引《ひ》き離《はな》しても、手を放すとあっという間に穴《あな》に戻《もど》ってまた掘《ほ》り始める。

「バスター、こっちへ来るんだ！」ロバートはもう一度穴《あな》へ戻《もど》ると、なにがそんなに気を引くのだろうと、なかをのぞきこんだ。

するとなつかしい——ちょっと薄汚《うすよご》れてはいるが傷《きず》ひとつない——顔が、ロバートを見あげた。「タイガー!?　おまえ、こんなとこでなにしてるんだ?」ロバートは、薄汚《うすよご》れた大きな赤い毛玉を穴《あな》から助けだして抱《だ》きしめた。臭《くさ》い！　けれど、まちがいなく生きている。

ロバートがバスターとタイガーをつれてトラックへ駆《か》け戻《もど》り、荷台によじ登ると、マイケルがたずねた。

「大丈夫《だいじょうぶ》か?」

「だれを見つけたと思う?」ロバートが言って、タイガーを見せた。

「タイガー！」ルーシーは、信じられない、と悲鳴をあげた。

「いったいどうやってここまで来たの?」母さんにも、さっぱりわけがわからなかった。

ルーシーがタイガーをなでながら言った。

「きっとタイガーも、わたしたちと同じくらい、会いたかったんじゃない?」タイガーはルーシーに頭をこすりつけた。

バスターはトラックの足置きに前足をかけ、後ろ足でジャンプして荷台に飛び乗ると、タイガーの顔をなめ、ローズのほうへ前足をのばした。ローズはルーシーに見守られ、マイケルのひざの上に横たわっている。バスターは、ローズとタイガーのあいだに無理やり入りこむと、ローズの荒《あら》い呼吸《こきゅう》に合わせるようにやさしく鼻を鳴らした。

第二十二章　星空の下で

その後数日のあいだ、みんなは日増《ひま》しに回復《かいふく》していくローズを注意深く見守った。タイガーとバスターは、無理やり引《ひ》き離《はな》されないかぎりローズのそばを離《はな》れようとしなかった。食事のときでさえ、バスターは自分の分をがつがつ食べると、まっしぐらにローズのもとへ戻《もど》る。タイガーも日中はローズのそばで丸くなり、夜にはルーシーのベッドで丸くなった。

気の毒に、モリーは混乱《こんらん》していた。バスターと遊びたいのに遊んでもらえず、タイガーと遊ぼうとしても、いまは遊んでいる場合ではないとはっきり断《ことわ》られてしまう。

ロバートとルーシーとマイケルも、ずっとローズのそばにいた。三人は、三匹《びき》がみな元気に生きていることが信じられなかった。どうやってロンドンからここまでたどり着いたのだろう。いくら考えても、ありえない、という答えしかない。

「ここに住んだことがあるのは、ローズだけなのに……」

フォスターさんの奥《おく》さんが言った。

「ローズの意志《いし》の強さはかなりのものよ。子犬のころから強い個性《こせい》を持ってたわ」

マイケルに三匹《びき》の世話を頼《たの》んで、ロバートとルーシーは、母さんとおばあちゃんといっしょに焼け落ちた家に使えるものが残っていないか見にいき、ニワトリを連れて戻《もど》ってきた。ニワトリたちは、火事の煙《けむり》をものともせずにぴんぴんしている。

おばあちゃんは、中庭のあちこちにある穴《あな》に足を取られそうになった。

「だれかに埋《う》めてもらわないと！」おばあちゃんは腹《はら》を立てた。「これじゃ、けがをするよ」

ロバートとルーシーは声を殺して笑った。


マイケルとルーシーがバスターとモリーを散歩させているあいだ、フォスターさんとロバートは元気を取《と》り戻《もど》したローズを羊の放牧場へ連れていった。

「ローズは牧羊犬の仕事を覚えてるかな？」ロバートがたずねると、フォスターさんはホイッスルをピッピーッと吹《ふ》いた。一度目は短く二度目は長く——「カムバイ」のコマンドだ。

ローズは最初にフォスターさんを、次にロバートを見てしっぽをふった。

「行っておいで」とロバートが言うと、ローズは生まれ持った本能《ほんのう》にしたがい、時計回りの方向に走って羊を誘導《ゆうどう》した。

ローズはコマンドをひとつ残らず覚えていて、水を得た魚のように、フォスターさんと協力して、羊たちを囲いのなかへ追いこんだ。

ロバートはフォスターさんが繰《く》りだすコマンドに忠実《ちゅうじつ》に従うローズの姿《すがた》を見ながら、ここはローズのふるさとなのだと感じた。生粋《きっすい》の牧羊犬が、自分の居場所《いばしょ》へ帰ってきたのだ。

こうして一時間が過《す》ぎ、フォスターさんがホイッスルをピーピーピーと三度鳴らすと、ローズはコマンドどおり、走って戻《もど》ってきた。

フォスターさんはローズをほめちぎった。「おまえはたいした犬だよ。本当にたいした犬だ」ほめられたローズは、見たことがないほど激《はげ》しくしっぽをふった。

農場へ戻《もど》ると、モリーがロバートのところへやってきて、いつものように足もとにボールを落とした。ローズはフォスターさんについていった。

「なんだか……」そのようすを見ていたルーシーが、言いかけてやめた。

「なんだか？」

「ローズ、とっても幸せそう。やっと自分の居場所《いばしょ》を見つけたみたい」

「これからモリーをどうするつもりですか？」ロバートがフォスターさんにたずねた。ローズと比《くら》べると、モリーが生まれながらの牧羊犬ではないことがいっそうはっきりする。

フォスターさんはにっこり笑った。「そうだな、戦争がここまで来なければ――」

ヨーロッパ本土ではすでに激《はげ》しい戦闘《せんとう》が繰《く》り広《ひろ》げられていたが、英国はまだ直接攻撃《ちょくせつこうげき》を受けていない。

「――交換《こうかん》しないか？　うちのモリーとそっちのローズを」

「ローズを外で寝《ね》かすのはいやです」とルーシーが言った。

「それなら心配ないわ。暖炉《だんろ》のそばの、好きな場所で寝《ね》かせてあげる」フォスターさんの奥《おく》さんがそう言うと、ルーシーも笑顔になった。

大みそかの夜、早々と九時に寝《ね》てしまったおばあちゃん以外は全員がまだ起きていて、新年を迎《むか》えようとしていた。ルーシーはソファの上でうとうとして、タイガーもその横で丸くなっていた。モリーとローズは燃《も》えさかる暖炉《だんろ》の火の前で背中合《せなかあ》わせに寝《ね》そべっていた。ロバートとマイケルは敷物《しきもの》の上でビー玉遊びをしていて、バスターはそのじゃまをするように横になっている。大人たちは低い声で戦争の話をしていた。

突然《とつぜん》バスターが起きあがり、首をかしげて鼻を鳴らした。

「どうした？」ロバートがたずねたが、バスターは部屋から飛びだしていく。

ロバートが立ちあがってついていくと、階段《かいだん》を駆《か》けあがっていくのが見えた。

「バスター？」

次の瞬間《しゅんかん》、小さいバスターは茶色い――ほんの少ししか傷《きず》がついていない――部屋ばきをくわえて階段《かいだん》を駆《か》け下《お》りてきた。

ロバートが部屋ばきを取りあげようとしていると、すぐ後ろの玄関《げんかん》で、ノックの音がした。ふりむいてドアを開けると、バスターがしっぽをフル回転させながらすっ飛んで外へ出た。

「やあバスター、あいかわらずだな」父さんが、バスターから部屋ばきを取りあげて、玄関《げんかん》から入ってきた。

ロバートは自分の目が信じられなかった。

「父さんだ！」ロバートの叫《さけ》び声《ごえ》に、家じゅうのみんなが駆《か》けてきた。

その瞬間《しゅんかん》、真夜中を告げる鐘《かね》が鳴《な》り響《ひび》き、新しい年が始まった。父さんはドイツ機と遭遇《そうぐう》したことや、リリーという伝書鳩《でんしょばと》のおかげで助かったことをみんなに話して聞かせた。

「ジョーが不時着した場所の座標《ざひょう》を書いた紙をリリーの脚《あし》につけて、空軍基地《きち》に送り返したおかげで、救助班《きゅうじょはん》が派遣《はけん》されて助けてもらえたんだ。リリーがいなければ――少なくとも、まだここに着いてはいなかったよ」父さんはそう言ってほほえむと、母さんの手を握《にぎ》りルーシーを抱《だ》き寄《よ》せた。

ドイツ機との空中戦はすでに始まっている。陸地での戦闘《せんとう》も近い将来《しょうらい》激《はげ》しくなっていくだろう。けれどもその晩《ばん》、父さんと家族はぶじに再会《さいかい》することができたのだ。

父さんは、ソファの足もとをぐるぐるまわっていたタイガーを抱《だ》きあげてひざに乗せると、柔《やわ》らかい毛に顔をうずめた。家族のもとへ戻《もど》れたことが心からうれしい。

ルーシーは、横にすわっているローズをなでた。バスターは、少し前にモリーと遊んでいたボールをくわえた。そしてマイケルのところへ歩いていくと足もとにボールを落とし、ボールを見つめてからマイケルを見あげた。モリーも期待してしっぽをふっている。

ロバートは笑った。バスターとモリーがやりたいことはわかっている。

「よし、行くぞ!」

家族全員が満天の星のきらめく空をあおぎながら、月明かりに照らしだされた真夜中の雪野原へ出た。

そして、新年最初のボール遊びが始まった。

日本の読者のみなさんへ

この本を手に取ってくれて、ありがとうございます。『戦火の三匹《びき》　ロンドン大脱出《だいだっしゅつ》』は、歴史にもとづいた物語です。そして、人間と動物たちの、どちらもが主人公なのです。

背景《はいけい》となる時代や出来事について調べていくうちに、私《わたし》は、これまであまり知られていなかった事実を知ることとなりました。第二次世界大戦開戦直後のイギリスで、40万匹《びき》以上のペットが殺処分《さつしょぶん》されたという恐《おそ》ろしい数字です。そのことを知ったわたしは、残酷《ざんこく》な運命を逃《のが》れたペットたちもいたにちがいない、彼《かれ》らの物語を書きたい、と思ったのです。こうして、牧羊犬であるボーダーコリー犬のローズと、元気いっぱいのジャックラッセル犬バスター、そして誇《ほこ》り高きトラ猫《ねこ》のタイガーが生まれました。

なによりみなさんに知ってほしいのは、英雄《えいゆう》は必ずしも二本足とはかぎらないということです——四本足の英《えい》雄《ゆう》や、翼《つばさ》を持つ英雄《えいゆう》もいるのです。

どうか日本のみなさんにも、楽しんでいただけますように！

Megan Rix

ミーガン・リクス

あとがき

この作品の背景《はいけい》には、あまり知られていない歴史的事実があります。一九三九年九月に英国がドイツに対して宣戦《せんせん》を布告した直後のわずか四日間に、四十万匹《びき》以上の犬や猫《ねこ》が飼《か》い主《ぬし》の依頼《いらい》によって安楽死させられたという事実です。その後一九四〇年にかけて、さらに三十五万匹《びき》のペットが殺処分《さっしょぶん》されています。

安楽死させられたペットは計七十五万匹《びき》。この数字は、第二次世界大戦中に亡《な》くなった英国の民間人死者数の十二・五倍を超《こ》えます。

英国には、一九四三年に創設《そうせつ》されたディッキン勲章《くんしょう》という勲章《くんしょう》があります。これは英国軍隊に従軍してめざましく勇敢《ゆうかん》な働きをした動物たちの功績をたたえて授与《じゅよ》されるもので、マリア・ディッキンにちなんで名づけられました。

ディッキンは、経済的に恵まれない人たちのペットの病気やけがを治す目的で設立された、無料で診療《しんりょう》を行う動物病院、PDSA《ピーディーエスエー》（People's Dispensary for Sick Animals）の設立者《せつりつしゃ》です。

第二次世界大戦中には合計五十四個《こ》の勲章《くんしょう》が授与《じゅよ》され、そのうち三十二個《こ》が鳩《はと》に、十八個《こ》が犬に、三個《こ》が馬に、そして一個《こ》が猫《ねこ》に贈《おく》られました。

二〇〇四年、戦争で殉死《じゅんし》したすべての動物や鳥たちを慰霊《いれい》する記念碑《きねんひ》がロンドンのハイドパークに建てられました。記念碑《きねんひ》に刻《きざ》まれたさまざまな動物たちの浮《う》き彫《ぼ》りのなかで、先頭にいるのは鳩《はと》です。第二次世界大戦中の英国では、およそ二十五万羽の伝書鳩《でんしょばと》が使われました。

ウィンストン・チャーチル首相の猫好《ねこず》きは有名な話です。チャーチルは、八十八歳《さい》の誕生《たんじょう》日に赤茶の猫《ねこ》をプレゼントされて、「ジョック」と名づけました。チャーチルの死後も家族の希望により、チャートウェル・ハウスには赤茶の猫《ねこ》が住んでいます。二〇一〇年十一月には、動物保護団体《ほごだんたい》キャッツ・プロテクションに保護《ほご》された子猫《こねこ》が、五代目のジョックとなりました。五代目は猫《ねこ》には珍《めずら》しく、水遊びが大好きだそうです。

謝辞《しゃじ》

この作品を執筆《しっぴつ》するにあたり、調査《ちょうさ》にご協力いただいた、大勢《おおぜい》の方々とさまざまな施設《しせつ》に大いなる感謝《かんしゃ》をささげます。多くの方に、心に残る、また大変参考になるお話を聞かせていただきました。なかでも、テリー・ベンダー、シャーリー・ベンダーご夫妻《ふさい》、ジョージ・ムーア、アンジェラ・ムーアご夫妻《ふさい》に深謝《しんしゃ》します。またデヴォンに関する調査《ちょうさ》では、バーンスティプル博物館とティバトン博物館にご協力いただきました。また戦争に関する作品を著《あらわ》すうえで当然のことではありますが、王立戦争博物館にはひとかたならぬお世話になりました。ツインウッド飛行場博物館のみなさんは、第二次大戦中の空軍基地《きち》の生活について、くわしく教えてくださいました。

執筆《しっぴつ》に関しては、惜《お》しみなく励《はげ》まし支《ささ》えてくれた著作権《ちょさくけん》代理人、エディソン・ピアソン社のクレア・ピアソン、本書が生まれるきっかけとなるアイディアを提供《ていきょう》してくれた出版社《しゅっぱんしゃ》パフィン社の編集者《へんしゅうしゃ》シャノン・パークに感謝《かんしゃ》をささげます。優《すぐ》れた編集者《へんしゅうしゃ》であるサマンサ・マキントッシュとマーカス・J・フレッチャーとは、将来《しょうらい》別の作品でもごいっしょできることを願っています。

物語のタイガーに命を吹《ふ》きこんでくれたパフィン社のエミリー・コックスとその飼《か》い猫《ねこ》のタイガー、ボーダーコリー犬に関する貴重《きちょう》な情報《じょうほう》を提供《ていきょう》してくれたアンドレア・ノーフォーク、リンダ・ホワイトと、二匹《ひき》のジャックラッセル犬のバスターとリリー――物語のバスターとはまったくタイプがちがいますが――にも感謝《かんしゃ》を。

最後に、執筆中《しっぴっちゅう》は短い散歩でがまんさせられ、これからその埋《う》め合《あ》わせに特別長い散歩を期待している、わが家の二匹《ひき》の飼《か》い犬《いぬ》トラッフィとベラに感謝《かんしゃ》を。そしていつものことながら、この作品の着想を最初から気に入って、何時間にも渡《わた》り調べ物を手伝い、デヴォンへの旅行をすすめてくれた夫にも感謝《かんしゃ》を。犬たちとサマセット蒸気《じょうき》鉄道に乗ったことが、バスターとローズとタイガーの旅にヒントを与えてくれました。

訳者《やくしゃ》あとがき

『戦火の三匹《びき》　ロンドン大脱出《だいだっしゅつ》（原題　The Great Escape）』は、英国の作家ミーガン・リクスが二〇一二年に発表した作品で、戦争と動物をテーマとしたシリーズの第一作にあたります。

物語の舞台《ぶたい》は一九三九年、第二次世界大戦開戦前後の英国です。ロンドンで三匹《びき》のペットとともに暮《く》らすロバートとルーシーの家族にも、いや応《おう》なしに戦争という時代の波が襲《おそ》いかかります。偵察機《ていさつき》のパイロットである父親は空軍基地《きち》へ、看護婦《かんごふ》の母親は船上病院で勤務《きんむ》につき、きょうだいはデヴォン州に住む祖母《そぼ》のもとへ疎開《そかい》することになります。そのため、これまで家族同然に愛され、かわいがられてきたペットたち――いたずらっ子のジャックラッセル犬のバスター、以前はデヴォン州の牧羊犬だったボーダーコリー犬のローズ、なにごとにも動じないトラ猫《ねこ》のタイガー――は、ロンドンの知人宅《ちじんたく》へ預《あず》けられることになりました。ところがそこでは恐《おそ》ろしい運命が待《ま》ち構《かま》えており、三匹《びき》は命からがらロンドンを逃《に》げだし、ローズのふるさとである、遠く離《はな》れたデヴォン州を目ざして歩き始めますが……?

一九三九年のドイツ軍ポーランド侵攻に先立つこと二十余年、ヨーロッパでは、「バーティ伯《お》父《じ》さんの命を奪《うば》った、前の大戦」、すなわち第一次世界大戦がありました。植民地をめぐる列強の対立を背景《はいけい》として一九一四年に始まったこの戦争は、ヨーロッパ全体を巻《ま》きこみ、さらには世界の国々が参戦する大戦争となって、一八年にドイツが降伏《こうふく》して終結します。けれどもその後ドイツは、敗戦国に課せられた厳《きび》しい制裁《せいさい》に対する反発に加え、世界恐慌《きょうこう》のあおりも受けて、国民の不満が高まり、経済《けいざい》が混乱《こんらん》。そこへヒトラー率《ひき》いる独裁政権《どくさいせいけん》ナチスが台頭し、軍事力強化を進めて周辺国へ圧力《あつりょく》をかけ、三八年にはオーストリアやチェコスロバキアの一部を併合《へいごう》します。その翌年《よくねん》はポーランドへ侵攻《しんこう》したため、英国とフランスがついに宣戦布告《せんせんふこく》し、第二次世界大戦が始まったのです。

実際にはしばらく大きな動きはなかったのですが、開戦と同時に、ドイツの空爆《くうばく》や毒ガス攻《こう》撃《げき》があると恐《おそ》れた英国民は、飢《う》えや怪我《けが》で死なせるよりはと、四十万匹《びき》を超《こ》えるペットを安楽死させてしまいます。四〇年に入ると、ドイツは西ヨーロッパの大半を制圧《せいあつ》し、九月からは連日ロンドンへの激しい空爆《くうばく》も始まりました。作者あとがきにも書かれているように、「さらに三十五万匹《びき》のペットが殺処分《さつしょぶん》された」のは、この時期です。第二次世界大戦はその後参戦国がふえ、日本も、ドイツ・イタリアと三国同盟《さんごくどうめい》をむすび、米・英両国に宣戦《せんせん》しました。こうして激《はげ》しい戦闘《せんとう》が、ヨーロッパのみならず世界中で繰《く》り広《ひろ》げられていきます。

　こうした戦争の時代を背景《はいけい》としてはいますが、本書の中心にすえられているのはあくまで家族の物語、そして人間と動物の強いきずなです。互《たが》いを思いやり温かい心を交わせるロバートやルーシーたち家族、飼《か》い主《ぬし》へのゆるぎない信頼《しんらい》と愛情《あいじょう》を示《しめ》すペットたち、そして動物たちを懸命《けんめい》に守ろうとする人々が、物語の主人公です。

　離《はな》れ離《ばな》れに暮《く》らす家族、慣《な》れない環境《かんきょう》で感じる孤独《こどく》、空襲《くうしゅう》を恐《おそ》れて殺処分《さっしょぶん》される動物園の動物たち、町を離《はな》れていく飼《か》い主《ぬし》に捨《す》てられるペット、ペットを安楽死させる飼《か》い主《ぬし》、不安を増幅《ぞうふく》させる流言飛語……。ミーガン・リクスは、これまで語られることの少なかった残酷《ざんこく》な事実も含《ふく》め、ともすれば重くなりがちなテーマと誠実《せいじつ》に向き合いながらも、声高に訴《うった》えることや、だれかを一方的に非難《ひなん》することはありません。ときにコミカルな笑いを交え、ありのままに描《えが》かれた戦時下の生活は、たくまずして戦争の愚《おろ》かさ、恐《おそ》ろしさを浮《う》かびあがらせ、作者は重苦しさを残すことなく、前向きに問題提起《ていき》をしています。

　そしてなんといっても魅力的《みりょくてき》なのは旅する三匹《びき》、バスターとローズとタイガーです。それぞれ個性的《こせいてき》な三匹《びき》が、さまざまな出会いを経《へ》て、数々の危険《きけん》をくぐり抜《ぬ》けながら、ふるさとと家族のもとへ歩き続ける姿《すがた》は、テンポのよい場面転換《てんかん》と相まって、ぐいぐいと物語を引っぱっていきます。

戦争のない現代《げんだい》の日本でも、人間の身勝手とも言える都合で飼《か》えなくなったペットが社会問題となっており、平成二十五年度には一年間で十三万匹《びき》近い犬や猫《ねこ》が殺処分《さつしょぶん》されました。思わず目を背《そむ》けたくなる数字に、「動物たちは、死ななければならないようなことは、なにひとつしていないのに……どうして？」というマイケルの声が聞こえてくるようです。

ミーガン・リクスは、この作品のほかにも、第一次世界大戦中に塹壕《ざんごう》で戦う兵士たちの心を癒《いや》すペットの物語や、第二次世界大戦のパラシュート部隊で活躍《かつやく》する犬の物語など、魅力《みりょく》ある作品を書いています。このたび日本の読者のみなさんに『戦火の三匹《びき》　ロンドン大脱出《だいだっしゅつ》』を紹介《しょうかい》できることを、心よりうれしく思います。

なお、〈ナルパック〉は、ＮＡＲＰＡＣ（National Air Raid Precautions Animals Committee　全国空襲警戒《くうしゅうけいかい》動物委員会）という実在《じつざい》した団体《だんたい》です。

最後になりましたが、本書に引き合わせてくださった、徳間書店《とくましょてん》児童書編集部《へんしゅうぶ》の小島範子《こじまのりこ》さん、原文チェックでお世話になった伴誠子《ばんせいこ》さんに、この場を借りて感謝《かんしゃ》いたします。

二〇一五年十月二十一日

尾高《おだか》　薫《かおる》

【訳者】

尾高　薫（おだかかおる）

1959年北海道北見市生まれ。国際基督教大学卒業。訳書に、ジャクリーン・ウィルソン「ガールズ」シリーズ、『ベストフレンズ』（以上理論社）、シヴォーン・ダウド『サラスの旅』（ゴブリン書房）、レズリー・M・M・ブルーム『サマセット四姉妹の大冒険』（ほるぷ出版）、メアリー・アマート『パパのメールはラブレター!?』（徳間書店）など、著書に『はじめてのギリシア神話』（徳間書店）がある。東京都在住。

【戦火の三匹　ロンドン大脱出】

THE GREAT ESCAPE

ミーガン・リクス作

尾高 薫訳 Translation © 2015 Kaoru Odaka

264p、19cm NDC933

戦火の三匹　ロンドン大脱出

2015年11月30日　初版発行

訳者:尾高 薫

装丁:鳥井和昌

フォーマット:前田浩志・横濱順美

発行人：平野健一

発行所:株式会社 徳間書店

〒105-8055 東京都港区芝大門2-2-1

Tel.(048)451-5960（販売）（03)5403-4347（児童書編集） 振替00140-0-44392番

印刷:日経印刷株式会社

製本:大口製本印刷株式会社

Published by TOKUMA SHOTEN PUBLISHING CO., LTD., Tokyo, Japan. Printed in Japan.

徳間書店の子どもの本のホームページ　http://www.tokuma.jp/kodomonohon/

ISBN978-4-19-864050-7